JN212041

ぐるりと

島崎 町

ロクリン社

もくじ

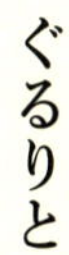

ぐるりと

1. 暗闇の世界

すごく静かな図書室で、ぼくは本棚に手をのばす。いちばん下にある、ぶ厚い辞典を手にとると、軽くふわりと持ちあがった。

あれ？　変だぞ。箱だけで、中に辞典が入ってない。代わりに別のものが入っていて、箱を傾けると、それがぼくの手の中にストンと飛び出した。

なんだこれ？　文庫くらいの大きさの、紙の束だ。右端を黒いヒモで綴じていて、本のように開ける。もしかして、手作りの本？　だれかに、だまされてるの？　ぼくはあたりを見まわした。

昼休みの、静かな図書室だ。まわりに人は、だれもいない。本棚に挟まれた通路から、向こうに広場が見えた。

「うわあ！」

本の中に飲みこまれるように、世界がぐるりと回転した。

突然、目の前が真っ暗になる。どこを見ても暗闇だ。まったくなんにも見えない。

キョロキョロまわりを見るけど、真っ暗でなにも見えない。

いったい、なんなの？　本を回した瞬間、突然真っ暗になって……。停電？　でもこんなに暗くなる？

手の中に、本の感触がある。ぼくはまだ、本を持っているらしい。

自分の手を確認しようとするけど、それすら見えない。

ぼくは恐る恐る、右手を闇の中にのばした。

広場の先には図書カウンターがあって、律子先生が座っている。

いつもと変わらない様子に、少しホッとした。それにしてもこれはなんだろう？　ぼくは箱を下に置き、手作りらしきものを開いてみた。

中には、手書きの文章が書いてある。だけど変だぞ。上と下で二段に分かれて、上の段は縦書き、下の段は横書きだ。しかも、下の段の文字はさかさまに書かれてる。不思議な本だ。こんなの今まで見たことない。ぼくはさかさまの文字を読もうと思って、本を回転させた。

その瞬間、世界がぐるりと回った。

本を回して、下の段の、横書きの文章を読もう

やっぱりここは図書室だ。あたりを見まわすと、さっきまではな棚の形になった。

コツン……。

あわてて手を引いた。目の前になにかある。

もう一度、ゆっくり、手をのばした。

コツン。さっきまでぼくは、図書室の通路にいた。きっと今、目の前にあるのは……。

震える手をのばし、目の前にあるものをそっとさわってみた。

平らな木の肌ざわりがした。本棚だ。さらに手をのばすと、棚の中にズラリとならんだ本にもふれた。

それがなにかわかると、だんだん霧が晴れるみたいに、暗闇の中でも、ものが見えてきた。黒しかない世界に、うすい別の黒が現れて、黒と黒のあいだに境目ができる。それが線になって、ついに本棚の形になった。

やっぱりここは図書室だ。あたりを見まわすと、さっきまではな

6 にも見えなかったのに、本棚がいくつもならんでるのがわかった。

あれ？　通路の先にある広場に、ほんのり明かりが見える。

本棚をさわりながら、通路をぬける。左右に壁のようにならんでいた本棚がなくなると、目の前がいっきに開けた。

左にある大きな窓から、うすくぼんやりとした光が差しこんでる。

不気味に静まりかえった広場には、机がいくつもあって、まわりにイスがならんでる。

奥にある図書カウンターを見ると、だれもいない。いつもなら、図書室担当の浅間律子先生が座っているはずなのに……。

「先生……」

そっと呼んでみた。でも、暗い図書カウンターから返事はない。

そのとき、

「クスクス……」

どこからか聞こえた。笑い声のような、ささやき声のような。

窓の外だ。暗くてよく見えないけど、そっちから声がした。

「クスクス……」

また聞こえた。

もしかして律子先生？　ぼくのことをからかってるの？

ゆっくり窓に近よって、ガラス越しに外を見た。暗くてよく見えない。だからカギを開けて窓を——

「開けちゃダメ！」

うしろから女の子の声がした。でもぼくはもう、窓を開けてしまっていた。

ヒヤリとした空気が外から入ってきて、顔をなでた。同時に、

「クスクス……」

笑い声がさっきよりも近くで聞こえた。

見ると、窓のすぐそばで、なにかがうごめいている。

なんだあれ……。

夜よりも暗い闇の中、人よりも大きな獣がこっちにくる。長い腕を地面までのばし、ノソノソと近づいてくる。動くたびにツルツルの白い肌が、わずかな明かりに照らされる。

あんな生きもの、見たことない。

ガイコツみたいに大きな目。口は左右に広がって、まるで笑ってるようだ。その口から、

「クスクス……」

と声が聞こえたとたん、風に乗って、獣の息が流れてきた。

うっ！　たまらず横を向いた。生きものが死んだような、ひどい臭いだ。

「逃げて！」

声がした。ふり返ると女の子がいる。おかっぱ頭で、白い上着にジーンズの短パンだ。

「うしろ！」

女の子が窓をさす。見ると、窓からニューッと長い腕が入りこんでる。腕の先には指が３本しかないけど、鋭い爪がまるでナイフのようだ。

「バカ！　早く逃げるの！」

おかっぱの女の子が走ってきて、パーカーのすそをグイと引っぱった。いったいなんのこと？　さっぱりわからない。

「なに？　なんで逃げるの？」

「クスクスに殺されるよ！」

女の子の表情は、暗い中でも真剣に見えた。

「クスクス……」

まるで、渦に飲まれたみたいにぐるっと回転したと思ったら、次の瞬間、目の前が急に明るくなった。

まぶしい！　突き刺すような光で目が開けられない。持ってた本で光をさえぎりながら、無理矢理まぶたをこじ開けた。

獣の姿はどこにもない。本棚がズラリとならんで、高く、静かにそびえてる。耳をすましても、あの「クスクス」って笑い声も聞こえない。

ビクビクしながら、あたりをうかがう。目がだんだん、慣れてくる。ここは、図書室のうす暗い通路だ。

獣の姿はどこにもない。女の子も消えてしまった。腐ったような獣の臭いだけは、今も鼻の奥に残ってるけど……。ぼく、助かったの？

ぼくたちの背後で声がした。ふり返ると、獣が大きな体を窓から押しこんで、中に入ろうとしている。

獣は体をぎゅうぎゅう窓にこじ入れて、ドシン！　まず腕を。ドシン！　次に足をおろした。

巨大な体がぼくの目の前にあった。手を前について、よつんばいの姿勢なのに、ぼくの背よりもはるかに高い。

「クスクス！」

ぼくを見おろしながら、獣が吠えた。ひどい臭いに吐きそうになって、ようやく我に返った。

「く、くるな！」

あとずさりながら、持ってた本を投げつけようとしたら、

「ダメ！」女の子がぼくの手をつかむ。

「なんで！」

力がスルスルぬけて、その場に座りこみそうになったとき、ピピピ……と音がした。

ぼくの左腕で、黒いデジタル式の腕時計が鳴っている。昼休みが終わる五分前に予鈴が鳴るから、ぼくはいつも、その十秒前にアラームが鳴るようにセットしてるんだ。時計の右側にあるボタンを押すと、デジタル式の文字盤がピカッと光って、音が止まった。そうだ、さっき図書室が暗くなったとき、腕時計を押して光を出せば役に立ったんじゃないか？

予鈴が鳴りはじめた。すばやく腕時計をはずし、パーカーのポケットにしまった。図書室では腕にはめてるけど、いつもは、先生に見つからないようにポケットに隠してるんだ。

もう昼休みが終わる。教室にもどらないと。この本を辞典の箱にもどして、本棚に返さないと。

手に持ってる本をじっと見つめた。この本はいったい

本を回して、上の段の、縦書きの文章を読もう

「だって本は大切なんだよ！」

「なに言ってんの！」

意味がわからない。本なんて……。そうだ！

ぼくは手に持ってる本を開いた。この本を回したら、ぐるっと回ってこんなことになったんだ。またこの本を回したら……。

そのとき、獣がのびでもするように、大きく腕をふりあげた。

鋭く凶暴な爪が、闇にギラリと光って……。

「クスクス！」

ぼくは本を回転させた。その瞬間、世界がぐるりと回った。

「待って！」

女の子の声が、最後に聞こえた。

なんなんだろう？　心臓がまだ、ドキドキを残してる。

本を回したら、世界がぐるりと回ったんだ。そしたら図書室が暗くなって……。もう一度回したら、ここにもどってた。

本を開いてみた。手書きの文章で、上の段は縦書き、下の段は横書きで、さかさまだ。

この本には、不思議な力があるような気がする。暗闇の図書室、見たこともない獣、それに、知らない女の子。本を回したら突然現れたんだ。

もしかしたら恐ろしい本かもしれない。ふれてはいけない、呪われた本なのかも……。でも、あの不思議な体験はなんだったんだろう？

心の中で、好奇心が別の生きものみたいに飛びはねる。ふだん本なんて読まないのに、なぜかぼくは、この本に惹かれてる。

体が自然に動いた。ぼくは本を、お尻のポケットに入れた。まるでそのために作られたみたいに、本はピタリとポケットに収まった。

こんなことしちゃダメなのに……。ぼくは辞典の箱だけ本棚に返して、通路を歩きだした。

うす暗い通路をぐんぐんぬける。広場に出て、暖かい秋の日差しをあびながら、イスやテーブルのあいだを縫うように歩いた。

向こうのカウンターに、律子先生が見えた。ぼくはパーカーのすそをギュッと引っぱって、お尻のポケットを隠した。どうか見つかりませんように……。

一歩二歩と、カウンターに近づいていく。そこをすぎればすぐドアだ。

律子先生はカウンターの中でなにか読んでいる。下を向いてるから大丈夫だ、きっとバレない。

ドキドキする。心臓が破裂しそうだ。カウンターの前を通りすぎながら、お尻のポケットを押さえた。ダメだ、そんなことをしたらかえって怪しまれるのに。

二、三メートルしかないカウンターが、すごく長く感じる。早く、早くぬけろ！　そう思いながら、ようやくカウンターの前を通りすぎ、ぼくは廊下に飛び出した。

2．六年三組

やったあ！　廊下に出て、心の中で叫んだ。律子先生に見つからずに、図書室から出られた。

でも……そうだ、さっき図書室が暗くなったことを、先生に聞くべきだったのかな？　先生もぼくと同じ体験をしたのか、たしかめた方がよかったのかもしれない。

そのとき、きゃーきゃーとにぎやかな声が聞こえた。

図書室は廊下のいちばん奥にあるから、向こう端まで見わたせる。向こう端の玄関から、昼休みを終えた生徒がぞくぞく帰ってきてる。

ぼくも、もどらないといけない。ずぶずぶと気が重くなる。

ぼくは毎日、休み時間になると図書室にきていた。授業と授業のあいだや、給食を食べたあとの昼休みにも。どうしても教室にいられないんだ。理由があって……。

予鈴はもう、とっくに鳴り終わっていた。階段は、玄関の前に一つと、図書室の前に一つある。図書室の前の階段をのぼれば、すぐ目の前は六年三組だ。

ぼくは、重い足をなんとか持ちあげて、一段一段、ゆっくり階段をのぼった。二階になんか、つかなければいいのに。

階段をのぼり終え、二階の廊下に出ると、さっそく、目の前の教室から声が聞こえる。

からかう声だ。それに泣き声。小林君が、いつものようにいじめられてる。

ぼくはそれを見たくない。だけど止められない。だから休み時間になると、図書室に逃げている。

ぼくは一度、大きくふぅーっと息をはいて、ドアを開けた。

教室の真ん中に固まっていた生徒たちが、いっせいに、花火みたいにパッと散った。だけど一人だけ、床に倒れてる。小さな背中を丸めて、肩をふるわせ泣いている。

小林君だ。いつも着てる黒と黄色のしましまトレーナーが、泣き声にあわせて上下にゆれている。その姿が、ほかの動物からいつも狙われてる弱い動物みたいに見えて、ぼくはすごく嫌な気持ちになった。

「なんだ、シンか」

教室のすみから、聞こえた。佐田真一郎というぼくの名前を、みんな短くして「シン」って呼んでる。

「そうだよ……」

小さくつぶやいて教室に入ると、みんな、ホッとしてるのがわかった。ドアを開けたのが先生じゃなかったからだ。いじめに加わってない生徒まで、安心した顔をしてる。

みんな、いじめの現場を先生に見られないようにしていた。いじめに参加してない生徒まで、それに協力している。

六年生になって何ヶ月かしたとき、朝、教室に入ると小林君がからかわれていた。たしかに小林君はちょっと変わった子で、いつも変なタイミングで笑うし、声も大きい。だれかが話してても、全然別の話をはじめる。

ぼくも少し、やっかいだなあと思っていた。みんなも、ぼくと同じように思ってたんだ。だから、だれかが小林君をからかい出すと、どんどんそれが広まって、あっというまにエスカレートして、いじめになった。

それが何ヶ月間もつづいてる。ぼくはいじめに参加しないし、バレないように協力することもない。でも、ぼくはいじめを止められない。みんなに注意できないし、先生に言うこともできない。なにもできずに教室から逃げて、図書室で時間がすぎるのをじっと待ってるだけなんだ。

教室のドアが、勢いよく開いた。

担任の田中建吾先生だ。先生が入ってくると、ぼくもみんなも、あわてて席についた。

田中先生は、スラッとした体をピンとのばして、いつものようにハキハキと授業をはじめた。若いし背も高いし明るいし、田中先生は人気がある。

でも先生、先生はいじめに気づかないの？　だって、耳をすませば、小林君が鼻をすする音がする。注意深く見れば、くしゃくしゃに丸められたノートの切れ端が、小林君にぶつけられてる。

田中先生が見てる六年三組と、ぼくが見てる三組は違うんだ。小林君が落とした消しゴムを、教室のすみに蹴り飛ばした桐山エリ子が、次の瞬間に、手をあげて正解を発表してる。

田中先生はエリ子を褒めて、エリ子はうれしそうに笑う。でも小林君は、どこかに行ってしまった消しゴムを探して、授業中ずっとキョロキョロしてる。

先生に見えてる六年三組はいい子ばかりで、いじめなんかどこにもなくて、やさしさにあふれた楽しいクラスだ。だけどぼくにとっては、いつも泣いてる子がいる、いじめのクラスなんだ。

放課後、ぼくは図書室の前でしばらくウロウロした。返そうかどうか迷ったけど、結局、本をカバンに入れたまま学校の外に出た。

「見つかったら大変だぞ」

心の中でささやく。大金のつまったカバンを持ってるみたいに、ビクビクしながら歩く。

無断で本を持ち出すなんて、こんな悪いことをしたのは初めてだ。下校中の生徒たちが、チラチラこっちを見てるような気がする。みんな、ぼくの犯罪を知ってるみたいだ。

そんなわけない、大丈夫、と自分に言い聞かせる。みんな楽しく笑いあってるだけなんだ。

校門を出て、ゆるやかなくだり坂を歩いた。肩からさげたカバンが、パタンパタンと腰にあたる。

この中に、本が入ってる。罪悪感で、胸がぐっと苦しくなる。でも同時に、この本について知りたいっていう好奇心もブクブクわいてくる。

顔をあげると、一直線にのびた坂道の向こうで、秋の夕暮れがはじまっていた。水に落としたインクみたいに、青い空に赤い色が広がりはじめてる。

そんなとき、音楽が聞こえてきた。どこから聞こえてくるのかわからないけど、毎日、四時三十分に『故郷』

という曲が街全体に流れる。ぼくは、カバンが腰にあたる音を『故郷』にあわせながら歩いた。

パタン、パタン……。カバンが腰にあたるたびに、歩く速度が少し速くなる気がする。パタン、パタン……。まわりを歩いてる生徒は、一人二人と曲がって、どんどん少なくなっていく。

くだり坂が終わると、少し大きな道が左右に走ってて、ここを右に曲がると商店街、左に曲がると国道に出る。まっすぐな道が十字の形に交差するから、十字路というらしい。

十字路のまわりは家の塀で囲まれていて、ここだけ少し暗くなってる。ニョロリとのびた街灯が、まだ明かりをつけずに眠っているけど、もう少ししたら起きだして、十字路を明るく照らすはずだ。

ここまでくると、家まではあと半分だ。駆け足で十字路を越えると、左右の家がなくなって、目の前がいっきに開けた。

右側は砂利の敷地で、中古車が何台もならんで売られてる。正面には中央公園が広がっていて、競技場みたいに大きい。

公園は、高い木に囲まれていて、赤や黄色に色づいた葉っぱに夕陽がふりそそいでる。

まっすぐ公園に向かった。まわりを囲んでる高い木が途切れ、東側の入り口になっている。そこから入って、公園の真ん中を通り、反対側の西の入り口から出るのが近道なんだ。

「返して！」

突然、声が聞こえた。ぼくは驚いて立ち止まった。

あの声は、もしかして、小林君？

「クスクス……クスクス……」

女子たちの笑い声も聞こえる。

公園に小林君の姿が見えた。入り口から少し入ったところだ。小林君の前には女子が三人いて、それに、もう一人大きな男もいる。

女子はみんな六年三組だ。桐山エリ子と、エリ子の言うことをなんでも聞く手下の女子が二人。

エリ子のとなりにいる大きな男が、小林君に近づいた。エリ子の兄の桐山コウジだ。中学三年生の不良で、黒くて大きなサングラスをかけている。

「焼却場で燃やすぞ!」

桐山コウジが小林君のランドセルを高く持ちあげた。

ぼくはビクッとした。あれは小学校でよく使われる冗談だ。焼却場は高い煙突で有名で、ぼくのお父さんはそこで働いている。だからその冗談を聞くたびに体が反応してしまう。

サングラスに、夕陽が反射して不気味に光った。桐山コウジはランドセルを投げた。ランドセルは飛べない鳥のように宙を舞い、地面に衝突したとたん、教科書やノートが飛び散った。

小林君の泣き声が響く。エリ子や手下が笑う。

「クスクス……クスクス……」

エリ子の赤い髪が、魔女のようにゆれる。

抑えきれない嫌な気持ちがわきあがってくる。体の中から腐っていくような、嫌な気持ちが、ブクブク、ブクブク……。

桐山コウジが、勝ち誇ったように鼻をこすると、グズグズと音がした。一年中鼻が悪くて、こするたびに音をたてるから、陰で「グズグズ」と呼ばれてるんだ。

ぼくは道を右に曲がった。パーカーのポケットに手を入れて、下を向いて歩く。見ないようにしよう、考えないようにしよう。

近道をあきらめ、中を通らずに、公園の外側をなぞるように歩く。

そうして遠回りに、反対側の、西の入り口まできた。

公園の向こう側に東の入り口が小さく見えるけど、小林君たちの姿はもうない。

なんだかホッとした気持ちになって、ぼくは右に曲がった。道がせまくなり、左右にならんだアパートの影で、急に暗くなる。

公園の東側は、学校があったり、新しく大きな家が多いけど、西側は、小さい家や安いアパートが建っていて古い。

ぼくはお母さんと二人で、西側のアパートに住んでいる。お父さんはいない。いなくなった。

一年前、お父さんとお母さんは大ゲンカをして、まずお父さんが家を出ていった。そのあと「お金をはらえない」とお母さんは言って、ぼくと二人でアパートに引っ越した。

あっというまにお父さんも家も消えてしまって、ぼくに残されたのはお母さんだけだった。

トボトボとせまい道を歩くと見えてくる。右側の三つ目のアパート。あそこにぼくは住んでいる。

さびた階段を二階にあがった。アパートの外側にある通路を歩いて、二番目の部屋のカギを開ける。

ドアを開けると、こもった空気が、まるで留守番をしていたみたいに出てきた。

部屋の中に入ると、すぐ左にある台所の窓から、夕陽がたっぷり入って、部屋中が赤く照らされてる。テレビ、テーブル、ぼくの机やイス……。みんな、お帰りなさいも言わずに静かだ。

靴を脱ぎ捨て、カバンを放り出した。心も体も、いっきに軽くなる。

「帰ってきたあ……」

部屋の真ん中にごろんと寝転がった。今日はいろんなことがあって疲れた。

お母さんが帰ってくるまでに晩ご飯の準備をしないと

いけないけど、時間はまだある。これからがようやくぼくだけの時間なんだ。

ごろんと寝返りをうつと、テーブルの向こうにカバンが見えた。さっき放り投げたせいで、カバンの中身が、押しつぶされたクリームパンみたいに飛び出してる。教科書、ノート、それから、あの本。

昼休みに図書室で見つけた本だ。白いノートを、黒いヒモで綴じてある。あの本を回したら、突然、暗い図書室になった。そこに、獣と女の子がいた。

いつまでも忘れない夢みたいに、強烈に記憶に残ってる。あれはなんだったの？

心臓まであのときのことを思い出したみたいに、ドキドキと早く動きはじめた。

ぼくは立ちあがってテーブルの向こうにまわり、恐る恐る、手をのばす。大丈夫なの？

拾いあげても、なにも起こらない。ふつうの手作りの本だ。開くとカサリと音をたてた。

最初の一ページ目、手書きの文字が書いてある。上の部分は縦書きで、下の部分は、さかさまで横書きだ。

文章の中味より、どうしてこの本をひっくり返しただけで暗くなったのか、そっちの方が気になった。それにあの獣。白くてツルツルで臭い息を吐くあいつ。あんなの見たことない。

そうだ、あの子はどうなったんだろう？　図書室に獣が入ってきて、そのあとは？　ぼくが最後に本をひっくり返したとき、女の子の声が聞こえたんだ「待って！」って。

急に心配になってきた。あのときは自分のことで精一杯だったけど、今思い返すと、あの子はどうなったんだろう？

ぼくが昼休みにこの本をひっくり返したら、図書室は暗くなった。もう一度ひっくり返したら、明るい図書室

28

3．腕時計の光

本を回したとたん、ぐるりと回転した。本の中に飲みこまれたような感じがして、世界は一瞬で変わっていた。光が消えて、暗い世界になっている。

昼休みと同じだ、やっぱり、本を回したらこうなるんだ！

あれ？　ぼくの右側から、うっすら明かりが入ってきてる。あれは台所の窓だ。ってことは、ここは図書室じゃなく、さっきまでぼくがいた、アパートの部屋なんだ。

でも変だ。だってテーブルがない。窓からのわずかな光を頼りに見まわすと、テーブルだけじゃなく、部屋中がガランとして、もの

にもどった。

じゃあ今ここでひっくり返したら……。

結果はわからない。でもどうなるのか、答えが知りたかった。

本をひっくり返した。

世界がぐるりと回った。

本を回して、下の段の、横書きの文章を読もう

がなにもないみたいだ。

もっといろいろ確認したいけど、よく見えない。夜中にサングラスをかけてるみたいに、ぼうっと暗い。

そうだ！　ぼくには腕時計があるんだ。ボタンを押せば光るんだ。

本をズボンのうしろポケットにしまい、パーカーのポケットに手をつっこんだ。

あれ？　ない。いつもここに入れてるのに、ない。もしかして落としたの？

あわててパーカーのポケットの奥まで手を入れた。ゴソゴソ探すけど、ない。

どうしよう！　と思ったとき、ポケットを探ってる左腕に、腕時計がはまってることに気がついた。

昼休みが終わるとき、たしかにポケットにしまったのに、なぜか今は腕についている。

頭が混乱したまま腕時計のボタンを押した。ドバッ！　光が飛び出した。

「わっ！」

腕時計の文字盤から光が一直線にのびて、天井まで届いてる。まるで光の柱だ。

すごい……。いつもは小さな光なのに、暗闇の中ではこんなに強力なライトになるんだ。

しみじみ見とれていると、ふいに光が消えた。部屋は暗闇に包まれる。さっきまでの明るさが、ウソのようだ。

そうだ、腕時計の光は10秒たつと消えるんだ。

ぼくはもう一度、腕時計のボタンを押した。

ドバッ！　のぼった朝日みたいに光があふれ出す。左腕を動かすと、光はレーザービームみたいに部屋の中を駆け回る。

「おおー！」

部屋のすみずみまで照らしてわかったことは、やっぱりここは、さっきまでぼくがいたアパートだけど、なぜか部屋の中にはものがないということだった。テーブルやテレビ、ぼくの机やイスもない。

昼休みに本を回したときは、図書室にはちゃんと本や机があった。なのにどうしてこの部屋は違うんだろう？

まったくわからない。それに、部屋の中が違ってるなら、外はどうなってるんだろう？

腕時計の光をドアに向けた。暗闇の中にガランとした玄関が浮かびあがる。なにもない。靴入れもないし、ぼくの靴もない。

靴がなかったら、どうやって外に出よう？　そう思って玄関へ歩きはじめると——

31

「あれ？」ようやく気がついた。ぼくは部屋の中で靴を履いている。光を足に向けると、履いているのは学校の白い上靴だ。

なにがなんだかわからない。ドアの前まで行くと、腕時計の光が消えて、部屋はまた暗くなった。

ぼくは暗い玄関で立ちつくす。まったくわからないことだらけだ。本を回すといろんなことが起こる。暗くなって、部屋のものがなくなって、腕時計の場所も、履いてるものも変わってしまった。部屋の中だけでこんなに違うのに、ドアの向こうには、いったいなにが待ちうけているんだろう。

ぼくはドアを開けた。

外も暗かった。でも、光が空から落ちてくる。見あげると月が輝いていて、きれいなブーメランみたいな三日月だ。

部屋の外に出て、アパートの通路に立つと、暑くもなく寒くもなく不思議な気温だ。ちょうどいいのとは違う。そもそも気温がないみたいだ。

通路の端に、胸の高さくらいの手すりがついている。ぼくは手すりに手をかけ、住宅街を見わたした。

暗い。どの家にも明かりがなくて、真っ暗だ。街灯まで消えていて、まるで街全体が停電になったみたいだ。

ボタンを押して、腕時計を見た。光が強すぎて見づらいけど、デジタルの数字は「16：56」だ。

夕方なのにこんなに暗いなんて……。

知ってる街のはずなのに、ぼくにはここが別の場所のように思われた。似ているだけの違う街に、迷いこんでしまったみたいだ。

突然暗くなっただけなのか、それともここが違う世界なのか。なにが同じでなにが違うんだろう。

アパートの階段をおりた。とりあえず公園に行ってみよう。光で照らしながら、せまい道を歩きだす。ギュウギュウという上靴の音だけが闇に響く。上靴のまま外を歩くと、なんだか悪いことをしてる気になるから不思議だ。

道をぬけると中央公園の前に出た。まわりを囲む木が、月の明かりに照らされている。でも暗いから、葉っぱの色が黒と濃い青にしか見えない。

木の１本１本は、固まった巨人みたいで不気味だ。いつもより低いような気がするけど、そんなことあるだろうか？

西の入り口から公園に入った。アスファルトの通路がまっすぐのびて、ずっと先にある東の入り口につながっている、はずだ。暗くて東の入り口はまったく見えない。

腕時計の光で照らしながら歩いた。だれもいないようけど、とき

34

どきなにか聞こえたような気がする。ドキッとしてそのたびに光を向けるけど、だれもいないベンチだったり、遊具だったりした。

ようやく東の入り口についた。公園の外に出ると、いつもの習慣で、学校につづく道を歩きはじめる。

あれ？　公園の斜め前にある敷地は、販売用の中古車がならんでるはずなのに、１台もない。

やっぱり、ところどころ違う。ここは、ぼくのいる世界とは違う場所なんじゃないか？

そのとき、音がした。心臓がピクンとはねあがる。

音はすぐそこの十字路から聞こえてくる。だんだんだんだん、こっちに近づいてくる。

タッタッタ……。もしかして、足音？

ぼくは音のする方へ歩きだした。腕時計の光が消えて、あたりは暗くなったけど、消えたままにする。十字路のまわりは高い塀で、左右の見通しが悪い。足音は十字路の左側の道から聞こえてくるけど、ここからじゃ姿が見えない。

だれかくるんだ。

ぼくは十字路の曲がり角へ歩いていく。

もうすぐ足音の正体がわかる。あと３歩……２歩……１歩……。

「ぎゃっ！」と目の前で声がした。「びっくりすんだろ！　なんだおまえ！」

暗闇の中から、背の低い男子が現れた。短い髪に上下のジャージ、ランドセルを背負って、見たことのない顔だ。

「なんだおまえって……ぼ、ぼくは佐田真一郎っていうんだけど、きみはだれ？」

「なんで答えねーといけないんだよ！」

自分から聞いてきたくせに、なんて乱暴なヤツだ。でもよく見ると、手に持った野球のボールをギュッと強くにぎりしめてる。もしかして緊張してる？

「ねえ左千夫！　どーしたの？」

そのとき、男子のうしろから声が聞こえた。商店街につづく道から、走ってくる足音が聞こえる。

ぼくは目をこらして、道の向こうの暗闇を見つめた。

だんだんだんだん、白い服が見えてくる。白い上着にジーンズの短パンだ。大きなリュックサックを背負った、おかっぱ頭の女の子がこっちにやってくる。

あの子だ！　図書室にいた子だ！　女の子は男子のうしろまで走ってきて、ようやくぼくに気がついた。

「あ、キミ！　もどってきたんだね！」黒髪をゆらしながらぼくの前に立ち止まった。
「わたし、急にいなくなるから、びっくりしちゃった！」
「あ、うん……」
　とまどっていたら、さっきの男子が割りこんできた。
「じゃあ、こいつが図書室から逃げたヤツか、いくじなしめ！」
「そんな……」
「なによ！　左千夫だってクスクスが現れたら逃げるでしょ！」
「それはよぉ……」
　女の子に言われて、男子はシュンとおとなしくなった。
「あ、ありがとう。えーと……」こまった。名前がわからない。
「わたし、三知純。純って呼んで！」
「ぼ、ぼくは佐田真一郎。みんなシンって呼ぶんだ」
「シンね！」

「うん！」

「オ、オレは佐藤左千夫だからな。左千夫って呼んでいいぞ」

仲間はずれになりかけて、横から割りこんできた。

「う、うん、左千夫だね」

いきなり友達が２人もできた。暗闇だらけの不思議な場所だけど、いいこともあるみたいだ。

「あ、そうだ」ぼくは思い出した。純に初めて会ったのは、暗い図書室だ。あのとき、獣に襲われて……。「純、大丈夫だったの？獣が……」

「獣？」

「白くてツルツルした怖いヤツ」

「クスクスのこと？」

「そう、クスクスって鳴いてた。あれ、クスクスって名前なの？」

「うん。わたし、あのあとすぐ逃げて、図書室のドアを閉めて、ククスを閉じこめたの」

「じゃあ助かったんだね！」

「でもよー」左千夫が割りこんできた。「そのかわり大変だったんだぜ〜。クスクスが暴れて図書室はメチャクチャになってよ。ま、オレと純で直したんだけどな」

「本をもどしたのはわたし！　左千夫は見てただけでしょ！」

「ちぇっ！　図書室なんて行くからあぶない目にあうんだぜ」

「いいでしょ！　本、好きなんだもん！　ほら見て！」

　そう言って純はリュックサックから本を出し、まるで宝物を見せるみたいにぼくの方へ差し出した。

「シンも図書室に行くことあるでしょ？」

「えっ？」ぼくはいじめを見るのが嫌だから、毎日図書室に逃げて

40

いる。今、ぼくのお尻のポケットに入ってる本は、図書室から無断で持ち出したものだ。

「う、うん、たまに図書室に行くよ……」

「ほらやっぱり！　左千夫と違ってシンは本好きなんだよー。ねえシン、どの本読みたい？」純は本をグイグイぼくに押しつけてくる。

「え、えっと……」

「オ、オレだって純と一緒に図書室行くぜ！」また左千夫が割りこんできた。「それに純のうちは本屋だから、いっつもオレ、買いに行くしよー！　おまえ、純の本屋で買ったことあんのか？」

「え？　ないよ」

「じゃあオレの勝ちだな！」

「やめなよ左千夫！　シン、ごめんね」

「うん……」

　弱気なぼくを見て、左千夫は勝ちほこったように言った。
「おい純、もうすぐ夜になるぞ。オレが守ってやっから帰ろーぜ」
「左千夫がわたしを守るの？　無理だよ～」
「なんでだよー！」
「だってさっき、うわーって叫んでたでしょ。左千夫の声が聞こえたから、わたし、ここにもどってきたんだよ」
「ちぇっ、だってよー、こっちでなにか光ってたんだぜ」
「え？　どこで？」
「ねえ、光ってこれのこと？」
　ぼくは腕時計のボタンを押した。
　光が飛び出し、闇を突きぬける。一直線にのびた光が純の体にあたり、煌々と輝いた。
「わあ！」

42

「うへえ！」

　純と左千夫が同時に叫ぶ。純が、震える手を光の中に入れると、太陽みたいに輝いた。

「ねえこれ、光ってる！」

「すげえ！」

　驚いてくれて、ぼくはうれしくなった。

「これ、お父さんにもらったんだ。太陽の光で充電するんだよ！」

　とたんに純と左千夫の表情が消えた。10秒たって光も消えて、一瞬で真っ暗だ。ぼ、ぼく、なにかまずいこと言った？

「おまえ、太陽の光で、充電できるのか？」左千夫が言った。

「うん」

「い、いつだよ」

「いつって、昼間だよ。太陽が出てるときに充電してるんだ」

純が、これでもかってくらい笑顔になった。

「ほらやっぱり言ったとおりでしょ！　シンは救世主なんだよ！」

「そんなわけあるかよ！」

「絶対救世主だよ！」

「ね、ねえ」ぼくにはさっぱりわからない。「救世主ってなに？」

「救世主はね、外からきて世界を救ってくれる人のこと。シンはきっと、別の世界からきたんでしょ？」

「うん……、たぶんそうなのかもしれない」

「やっぱり！　シンの世界には太陽があるの？」

「もちろんあるよ」

「すごいすごい！」純が喜ぶたびに、髪がぴょんぴょんはねあがる。

「すごくねーよ。オレたちの世界にも前はあったんだろ」

「ねえ、この世界には、きみたちしかいないの？」

「ケッ！　そんなわけねーだろ」
「だって、だれもいないよ」
「いるだろ、ほら」
あたりを見まわした。暗闇(くらやみ)だ。なにもないし、だれもいない。
「見えないよ」と言いかけたとき、闇(やみ)がゆれた。なにか動いてる。
黒と黒の微妙(びみょう)な違(ちが)いをなんとか見分けるように目をこらすと、闇(やみ)の中にできた影(かげ)みたいに、何人かが十字路を歩いてる姿(すがた)がだんだん見えてきた。
歩いてるのは３人。男の子と、お父さんとお母さんだ。足早にぼくたちの横を通りすぎ、商店街(しょうてんがい)につづく道を歩いていく。
なにもないと思って見てたら見えないし、なにかあると思えば暗い中でも見えるんだ。
「もうすぐ夜がくるから、みんないそいで帰ってるんだよ」

純が言ってるうちに、3人は暗闇の中に見えなくなった。

「でも純、夜がくるって言ったって、もうじゅうぶん暗いよ」

「まだ明るいでしょ？　月も少しだけ残ってるし」

見あげると、彫刻刀で彫ったみたいに細い月が、なんとも頼りなく光ってる。

でもたしか、アパートの通路で見たときは三日月だったはずだ。

「ねえ、月が細くなってるんだけど」

「時間がたつと変わるの。朝は細いけど、昼間になると満月になるの。で、夕方になるとまた細くなって、夜は、消える」

「でも、夕方でこの暗さなら、夜になったら……」

「本当に真っ暗」

「夜になったらよー」左千夫がぬっと顔を近づけてきた。「真っ暗でクスクスから逃げられないんだぜ……。もう何人も食べられてるんだ」

　図書室のクスクスを思い出し、ぼくはゾクゾク寒気がした。

「だから、月が消えて夜になる前に、家に帰らないといけないの」

「ねえ、この世界に光はないの？　電気とかライトがあれば、クスクスから逃げられるんじゃない？」

「光るのは月だけ。あとはダメ……」

　純の顔が暗闇の中でさらに暗くなった。

「ねぇ、街灯は光らないの？」

　十字路には街灯があるはずだ。ぼくは電柱を見まわした。

　どれも真っ暗で、明かりは１つも灯ってない。

「街灯も同じ。光は全部、闇に吸収されちゃうの。テレビは真っ暗なまま声しか聞こえないし、火も熱いだけで、光らないの……」

「ちぇっ！　この世界に光るものはないんだ。だからオレも野球で

47

きなくてよー。オレの剛速球を見せてやりてーなー」

　左千夫がくやしそうに野球ボールを空中に投げた。

　ここは暗闇の世界なんだ。ぼくの世界とは全然違う。光は１つも存在しなくて……。あれ？

「でも、ぼくの腕時計は光るよ」

「そう、だからすごいの！」純の表情が急に明るくなった。「だからシンは救世主なんだよ！」

「そんな……、救世主だなんて信じられないよ」

「みんな知ってるんだよ。いつかきっと、世界を救ってくれる人が現れるって。シンは光を持ってる。だからわたしたちを救ってくれるんでしょ？」

　純のうれしそうな顔がどんどんぼくに近づいてくる。

「そ、そんなこと言われても……」

48

そのとき、「クスクス……」と声が聞こえた。図書室で聞いた獣の声だ。どこ？　キョロキョロまわりを見まわす。

「ぎゃあああ！」

叫び声がした。純のうしろからだ。それからタタタ……と足音がして、暗闇の中からお母さんと男の子だけが逃げてくる。さっきここを通りすぎた家族だ。

「クスクス……クスクス……」

２人を追うように、うしろの暗闇から声が聞こえてきた。

「シンこっち！！」純と左千夫が逃げだした。

「ま、待って！」あわてて２人を追う。純と左千夫は公園の方へ走っていく。

「どうすんだよ！　家に帰れないよ！」前を走る左千夫の声が、今にも泣きそうだ。ふり返ると、さっきのお母さんと男の子は十字路

49

パッと明るくなった。思わず目をつぶる。心臓が、体の中で跳びはねてる。ドクンドクン……ドクンドクン……。

ゆっくり目を開けると、夕陽がテーブルやカバン、部屋中のものを赤く染めていた。アパートの部屋だ……。ぼく、もどってきたんだ……。

だけど安心したのは一瞬で、すぐに罪悪感がブクブクわいてきた。

どうしよう、ぼくはまた逃げたんだ。純を置いて、左千夫も置いて……。

純や左千夫を助けに行きたい。だけど……だけどぼくがあの怪物を倒せるの？

「クスクスの弱点は光なの！」

50

を曲がらず、道をまっすぐ逃げていく。

そのとき、白い怪物が姿を現した。

クスクスだ。両手を地面にたたきつけ、４本足の動物みたいに走ってくる。十字路を曲がって、ぼくたちの方へやってくる。

「こっちにくる！」

ぼくの言葉に純がふり返った。背負ったリュックサックが大きくゆれる。純はバランスを崩して道路に転んでしまい、リュックサックから何冊も本が飛び出した。

「行こう！」追いついて純の腕を引っぱった。

「でも本が！　大事なの！」純は本を拾い集める。

「うしろ！」左千夫の声がした。顔をあげると、うしろからクスクスが迫ってくる。

純はまだ本をリュックサックに入れてる。もどかしい。

さっきの純の言葉が、まだ耳に残ってる。

クスクスの弱点は本当に光なんだろうか。この腕時計の光で、本当に倒せ……あれ？　左腕に腕時計がない。

そんな、あれがないと！

あわてて体中をパンパンたたいて探すと、パーカーのポケットに腕時計が入ってた。

おかしい、暗闇の世界では腕にはめてたはずなのに。それにぼくは今、上靴を履いてない。靴下のままだ。

「シン、光で倒して！　腕時計で！」

純の言葉が頭の中に響く。今でもそうやって助けを求めてるみたいに。

「これさえあれば、クスクスを倒せるんだよね？」

強く腕時計をにぎった。手の中でボタンが押され、まるで返事をしてるみたいに腕時計が光った。

怖かった。でも純を助けに行かないと。純の言葉を信じれば、腕時計の光でクスクスは倒せるんだ。

本を回して、上の段の、縦書きの文章を読もう

「早く！」ぼくもリュックサックに押しこむ。

「シン、光で倒して。腕時計で！」純が言った。「クスクスの弱点は光なの！」

「でも……」

クスクスが腕をふりあげ走ってくる。鋭い爪が見えた。ぼくに向かってくる。長い爪が、ぼくに向かって……。

「シン！　光でクスクスを倒して！」

クスクスがくる。ふりあげた爪が、月明かりでギラリと光る。

ぼくはポケットから本をとり出した。逃げよう……。

「シン、光！　お願い！」

本を開いて、回した。世界がぐるりと回った。

もう一度あの、暗闇の世界に行こう。

窓から入る夕陽をあびて、顔がじんわり熱くなる。やる気がわいてきた。

そうだ！　部屋のすみにある机に走り、筒型の懐中電灯を出した。クスクスの弱点が光なら、これも役に立つはずだ。それから台所のシンクの下を開け、ドアにかかってるいちばん大きな包丁を出した。

暗闇の世界にもどったら、目の前にクスクスがいるはずだ。だから、まず包丁で攻撃して、それから腕時計や懐中電灯の光で……。

ぶるぶると手が震えた。ぼくは、とんでもないことをしようとしているんだ。

部屋の真ん中に立って、壁にかかってる時計を見た。四時五十五分だ。

行きたくない気持ちはまだ残ってる。どんなにがんばっても、恐怖心は消えないような気がした。

---

4. 光の威力

ぐるりと回った瞬間、力いっぱい包丁を突き出した。

でも、全然手ごたえがない。それどころか、ぼくの手の中はからっぽで、持ってたはずの包丁がない。

見まわすと、暗くてガランとして、だれもいない部屋だ。ここはアパートだ。どうしてここにもどってきたんだ？

パーカーのポケットを探ると、懐中電灯もない。足には上靴を履いている。

う、腕時計は!?　あわてて見ると、しっかり腕についていた。

「よかったあ……」

腕時計をはめた。懐中電灯をパーカーのポケットに入れ、包丁を右手に持った。

向こうの世界に出たら、すぐにクスクスを刺してやる。大丈夫、ぼくにだって倒せる……。

開いた本を両手で持って、覚悟するために大きく息を吸いこんだ。

本をひっくり返すと、世界が回った。

本を回して、下の段の、横書きの文章を読もう

包丁も懐中電灯もないなら、これが最後の武器だ。

そのとき、思い出した。そうだ、純や左千夫は？

「急がないと！」

部屋を飛び出した。階段を駆けおり、公園に向かって走る。暗闇の中をひたすら走る。

腕時計のボタンを押す時間ももったいない。１秒でも早くもどらないと。

西の入り口から入って、公園を走る。真っ暗だ。闇の中から不気味な物音が聞こえる。恐怖がぼくを捕まえようとしてる。

東の入り口に近づいたとき、暗闇を走ってくる姿が見えた。純と左千夫だ。すぐうしろからクスクスが追ってる。

純の背中で、リュックサックが大きくはずんでる。あれじゃスピードが出ない。

クスクスが純のうしろに追いついて、長い腕をふりあげた。左千夫がボールを投げつけるけど、全然違う方へ飛んでいく。

「こっちだ！」

ぼくの声で、純はようやく気づいた。クスクスまで声に反応したのか、ピタリと止まった。

そのすきに、純と左千夫が走ってくる。

「シン、もどってきたんだね！」

「うん。ホントに腕時計の光で倒せるの？」

「大丈夫！」

ドスンドスン！　地響きがした。クスクスが大きな体をゆらしながら、こっちに向かってくる。

「く、くる……」

腕時計を向けた。ボタンを押せば光が出るんだ。

54

でも、もしも光が効かなかったら……。

恐怖がいきなり、ぼくの手足をつかんだ。体が固まって、言うことを聞かない。

クスクスがぼく目がけてやってくる。

あと３メートル、２メートル……。

怖くて動けない。どうしよう……どうしよう……。

クスクスが目の前で、長い腕をふりあげた。

「シン！　光!!」

純の声が聞こえた。

腕時計のボタンを、押した。

まぶしい光が飛び出して、クスクスの体をつらぬいた。

一直線にのびた光が、クスクスの体を突きぬけて、暗い空をサーチライトのように照らしてる。

55

クスクスは腕をふりあげたまま、固まって動かない。刺さった光のまわりから、体がドロドロ溶けだしてる。

やっぱりクスクスの弱点は光だったんだ。

腕時計の光が消えた。

もう一度ボタンを押して光を出したけど、あれ？　あっというまに消えてしまった。

おかしいぞ。何度もボタンを押していると、そのうち光はつかなくなってしまった。わかった、充電切れだ。

そのとき、むわっとした臭いが押しよせてきた。

「シン！」

前を見ると、クスクスが溶けながら倒れてくる。

「わっ！　わっ！」

ぼくは驚いて尻もちをついてあとずさる。

「左千夫も引っぱって！」

　純の声がして、うしろからグイッと引っぱられた。

　目の前に、クスクスがグシャリと倒れた。ドロドロ溶けて、液体になっていく。ブクブクと泡を噴きながら蒸気になり、最後には跡形もなく消えてしまった。

　ぼくはゆっくり立ちあがって、クスクスの消えたあとをぼんやりながめた。

「やったあ！　シンがクスクスを倒した！」

　純の声が暗闇に響く。そうか、ぼくが倒したんだ……。

「やったんだ、ぼくが……。やったんだね！」

「そう！　シンが倒したの！　やっぱりシンは救世主だったんだね！」

　純がぼくの手をギュッとにぎった。

「あっ！」

「あっ！」

ぼくと左千夫は同時に声を出した。なんだか情けない声だ。

純がようやく手を離してくれたので、「きゅ、救世主だなんておおげさだよ……」ぼくは言った。

「だって救世主はクスクスを倒して世界を救うって、教科書に書いてあるんだから！」

「じゃあ、これで世界は救われたんだね」

「ちげーよバカ。おまえなんも知らないんだな。いいか——」

「クスクス……クスクス……」

左千夫の声が別の声にかき消された。

ふり返ると、公園の奥の闇の中、なにかがぞわぞわ動いてる。

クスクスだ。何十匹もいる。じゃあ、あの１匹だけじゃなかったんだ。

「クスクス……クスクス……」

声が近づいてくる。

「お、おまえが本当に救世主なら、全部倒してみろよ！」

左千夫は泣きそうだ。

「でも……ダメなんだ。もう充電がなくて、光らないんだ」

ぼくは弱々しく左腕を見せた。暗すぎて、左千夫にはもう腕時計が見えないかもしれない。

「逃げるぞ！」

左千夫が純の腕を引っぱった。でも純はふりほどく。

「光を持ってるのは、シンだけなんだよ。シンだけがこの世界を救えるんだよ」

「充電しないとダメなんだ。太陽の光が必要なんだ」

うっ！　明るさに目をつぶった。暗闇の世界からもどるたびに目がびっくりする。ハッとしてうしろをふり返ると、茶色い部屋の壁があった。

ぼくは夕方の静かな部屋で、本と包丁を持って、一人で立っていた。聞こえてくるのは、ぼくの中でうるさく鳴りつづいている、心臓の音だけだ。

「ハアァ……」

大きなため息をついたら、こわばっていた体から緊張感がスルスルぬけていった。

よかった、帰ってこられたんだ……。

壁の時計を見ると、四時五十五分だ。

あれ？　暗闇の世界に行こうと思って本をひっくり返したときも、たしか同じ時間だったぞ。ってことは、向

「シンがきた世界には太陽があるんでしょ！　充電してきて、お願い！　この世界には光が必要なの！」

「くるぞ！」

左千夫が強引に引っぱると、今度は純も抵抗しなかった。2人は公園を飛び出して十字路の方へ逃げていく。

残されたぼくのうしろから、

「クスクス……」「クスクス……」

すごい数の声が迫ってくる。

純と左千夫が十字路を左に曲がるとき、声が聞こえた。

「シン、絶対もどってきて！」

うしろからクスクスの声がじわじわ迫ってくる。怖くてうしろをふり向けない。

うしろポケットから本を出して開いた。もう一度この世界にも

こうの世界にいるあいだは、こっちでは時間がたたないんだ。

なるほど、ナゾだらけの世界だけど、こうやってわかることもあるんだ。

ほかにもなにか発見できないかな。ぼくは本と包丁をテーブルに置き、パーカーのポケットを探ってみた。懐中電灯が入っていた。

そうだ、どうして暗闇の世界では、包丁も懐中電灯も消えてたんだろう。たしかに用意したはずなのに、本を回すとなくなっていた。でも腕時計だけは、用意したとおり腕についていたんだ。

うーん、なにか、ぼくの知らない法則があるような気がする。

考えこみながら下を見ると、ぼくは靴下を履いていた。でも暗闇の世界に行くと、なぜか上靴を履いてるんだ、学校にいるときみたいに。

どうしてそうなるのか、自分でもわからなかった。

本をひっくり返すと、世界が回った。

本を回して、上の段の、縦書きの文章を読もう

そもそも上靴を履いてるのは学校にいるときだ。

腕時計は図書室にいるときだけつけてる。

上靴と腕時計、両方あるのは図書室にいるときだけだ。

わかった！

暗闇の世界のぼくは、図書室の姿なんだ。今日の昼休み、最初に本をぐるりと回したときのままなんだ。だから、昼休みに持ってなかった包丁と懐中電灯は、消えたんだ。

ぼくは法則を発見してうれしくなった。飛びはねたい気持ちだ。

でも……あれ？　暗闇の世界に初めて入ったときの姿なら、これから新しく持っていくことはできないってこと？　武器とか、明かりがつくようなものはダメで、腕時計の光だけを頼りに、ぼくはクスクスの群れと戦わないといけないの？

左手の腕時計をじっと見た。これが唯一の武器なんだ。

ぼくは、相棒に挨拶するみたいに、腕時計のボタンを押した。だけど光がつかない。そうだ、充電が切れてるんだ。太陽の光で充電しないと。

でも、こっちの世界で充電しても、暗闇の世界で使えるんだろうか？　ものが運べないなら充電だってダメかもしれない。充電が切れたままなら、クスクスを倒すなんて絶対無理だ。

力もぬけて、ぼくはテーブルの横にゴロンと寝そべった。じっと天井を見て考える。

純はぼくのことを救世主って言ったけど、本当にそうなんだろうか。だって同じクラスの小林君すら助けられない。ぼくはいじめを見ないようにして、いつも逃げてる卑怯者なんだ。

寝転がったまま目を閉じた。壁時計のコチコチという音だけが聞こえる。台所の窓から差しこむ夕陽が、顔にあたって暖かかった。

待てよ……。ふと思った。暗闇の世界に行くたびに図書室の姿にもどるなら、腕時計の充電ももどるんじゃないか？

なかなかいい考えだ。これって調べられるかな？

今、充電はゼロだから、暗闇の世界に行って、腕時計のボタンを押せば結果がわかる。もし光がつけば、充電は図書室の状態にもどってるってことだ。

よし！　突然やる気がわいてきた。ぼくは勢いよく起きあがって、テーブルの上の本を手にとった。暗闇の世界に行こう。

本を回したらどこに出るんだろう。もしも最後の場所にもどるなら、公園の、クスクスの群れの前に出ることになる。

思い出しただけで背筋が寒くなった。

「クスクス……クスクス……」

声が聞こえたような気がした。嫌な臭いが、鼻の奥によみがえる。

か、考えよう……。

昼休みにぼくは、図書室の「通路」で本を回したんだ。そしたら暗い図書室の「通路」にいた。そのあと、クスクスから逃げるために図書室の「広場」で本を回すと、こっちの世界の「通路」にもどってた。

変だ。行きは同じ場所に出るのに、帰りは違ってる。

放課後、学校から帰ってきたぼくは、アパートの「部屋」で本を回したら、暗いアパートの「部屋」にいた。

やっぱり、行きは同じ場所に出たんだ。

で、帰りは？　純たちと一緒にクスクスから逃げて、「公園」の近くで本を回したら「部屋」にもどってた。

そう、もどるんだ。「部屋」から暗闇の世界に入ったから、帰る場所も「部屋」なんだ。

つまり、行きは同じ場所に出て、帰りは入ってきた場所にもどるってことだ！

どんどん法則がわかっていくぞ。正解が次々に見つかっていく。

暗闇の世界に行くと、ぼくは昼休みの図書室の姿になる。上靴や腕時計も昼休みの状態にもどるんだけど、充電はまだわからない。

それと、本をひっくり返したら、暗闇の世界の同じ場所に行ける。で、暗闇の世界で本をひっくり返したら、入ってきた場所にもどる。

さっそく、本をひっくり返して実験しよう。

腕時計をはずし、部屋のすみにある机に置いた。もし図書室の姿にもどるなら、暗闇の世界に行けば、左手についてるはずだ。

アパートの部屋からは、さっき暗闇の世界に行った。今度は別の場所で本を回してみよう。

靴を履き部屋の外に出た。通路の手すりに手をかける。住宅街が見わたせる。太陽はもう、地平線の向こう

5．実験の結果

闇が、霧みたいにぼくを包んでる。

ここは、どこだろう。もし、アパートでもなく公園でもなく、まったく知らない場所だったら……。

見あげると、月はないけど、空には明るさが少しだけ残ってる。

目をこらし、じっと前を見つめた。目がだんだん、暗闇に慣れてくる。まわりを覆っていた黒い霧が、少しずつ晴れていく。

ぼくの前に、通路の手すりが現れた。ここはアパートの２階だ。

思ったとおりだ。本を回すと、暗闇の世界の同じ場所に出た。まずは移動の実験成功だ。

に姿を消して、おまけみたいな明るさが、街を静かに覆ってる。

実験だ。ここで本を回したらどうなるか。

本をひっくり返すと、ぐるりと世界が回った。

本を回して、下の段の、横書きの文章を読もう

左腕を見た。暗い中でも、腕時計があるのがわかる。足を見ると、靴を履いてるのはわかるけど、どっちだろう？　外靴？　上靴？

手すりに手をかけ、足を持ちあげ顔を近づけた。上靴だ。

やった！　やっぱり図書室の姿なんだ。実験の結果がどんどんわかって、法則が証明されていく。

はずむ気持ちで腕時計のボタンを押した。

光がつかない。え!?　もう一度押すけど、つかない。ということは、腕時計の充電は、図書室のときの充電量にもどらないんだ。

じゃあ、ぼくの世界にもどって充電したら、暗闇の世界ではどうなるんだろう？　もし充電されないなら、腕時計はもう光らないということで、そうしたら……

「クスクス、クスクス……」

ぼくの不安をあざ笑うように、不気味な声がした。

はあはあと、荒く息を吐き出しながら、通路に立っていた。顔をあげると、まぶたを閉じるようにどんどん暗くなっていく街の姿があった。もどれたんだ……。

「いてっ！」

ホッとしたとたん、痛みが襲ってきた。通路に倒れたときの痛みだ。背中と横っ腹がじんじんする。それに、なぜか左腕も痛い。

見ると、パーカーの袖がパックリ切れてる。手首からヒジまで、長い三本の切れ目が入ってる。

切れた袖をかき分けると、血は出てないけど、薄皮が剥がれていた。クスクスだ。あの爪にやられたんだ。

そのとき、コツ、コツ……。

音がした。もしかしてクスクス!?　下を見ると、女の

下を見ると、暗闇の中にうっすら白い肌が見えた。クスクスだ。３匹が固まって、アパートの前を駆けていく。左千夫が言ってたとおり、光が弱点のクスクスは、夜になると動きが活発になってる。

そのとき、クスクスの１匹が進路を変えて、こっちに向かって走りだした。

クスクスはアパートの下までくると、突然ジャンプした。異常な跳躍力だ。一瞬でぼくの目の前まで飛びあがり、空中で長い腕をヒュッとふった。

「ひいっ！」腕で顔を守るけど、ブォン！　と吹き飛ばされた。

痛がってなんかいられない。逃げよう、とにかく逃げないと！

でも本がない！　どこかに落としちゃった！　あわてて探すけど、暗くてどこにあるのかわからない。

「どこ？　どこ？」這いずりまわって探す。

人が歩いてた。もうすぐ夜で、みんな家に帰っていく。
腕の痛みを引きずりながら、ぼくは部屋にもどった。もうこのパーカーは着られない。灰色のパーカー、お気に入りだったのに……。
押し入れに入れて、かわりに緑色のパーカーに着替えた。机の上を見ると、腕時計がポツンとあった。
そうだ、実験のために置いたんだ。腕時計を手にとると、ゴムのベルトに切れ目が入ってて、もう少しで完全に切断されそうだ。ぼくが腕で防御したとき、クスクスの爪でやられた傷だ。
暗闇の世界でやられたら、こっちの世界でも傷が残るってことだ。今回は腕時計とパーカー、それに腕のかすり傷ですんだけど、クスクスの腕が、あと数センチのびていたら……。
腕時計を持つ手がブルブル震える。おさえようとしても止まらない。

ドスン！　通路に衝撃があり、すぐ横で「クスクス！」声がした。
う……。臭い息が鼻を直撃して、気が遠くなる。
そのとき、本にふれた。拾ってすぐに開く。ビュウ！　と腕をふりおろす音がした瞬間、ひっくり返すと世界が回った。

本を回して、上の段の、縦書きの文章を読もう

暗闇から逃げるように、ぼくは部屋の電気をつけた。蛍光灯からまぶしい光が降りそそぎ、部屋の中がいっきに明るくなった。

ここは暗闇の世界じゃない。だからもう大丈夫。こっちの世界にいれば、ぼくはずっと安全なんだ。

今までのようにふるまえば、現実の生活にずっと残っていられるような気がして、ぼくは晩ご飯の用意をはじめた。もうすぐお母さんが帰ってくる。その前にご飯を作ろう。

冷蔵庫からソーセージとモヤシを出して、フライパンで炒めた。箸ですばやくかき回し、ケチャップで味つけをした。完成だ。あとは炊飯器にご飯が入ってる。

疲れて帰ってくるお母さんに、手作りのご飯を食べてもらいたいかった。だけどお母さんは帰ってこない。

空腹を知らせる目ざまし時計みたいに、ググーとお腹が鳴った。今日はいろんなことがあったから、すごくお腹がすいてるんだ。

ぼくはご飯をよそってソーセージ炒めを一人で食べた。テレビを観ながら食べていると、にぎやかな料理番組がやっていて、ぼくはさびしさと一緒にご飯を飲みこんだ。ご飯を食べて食器を洗い終わったとき、玄関のドアが開いた。

お母さんだ。美容院で働いてるお母さんは、朝、おしゃれな服でかっこよく働きに出るけど、帰ってくると疲れてくたびれてる。

「お帰りなさい！」

「ただいま」と言いながらお母さんはテーブルの上にビニール袋を置いた。コンビニ弁当とビールの缶が透けて見える。

それでもぼくは、ソーセージ炒めを電子レンジで温め、テーブルの上に置いた。お母さんは「ありがと」と言った。やった！　体中にうれしさが広がった。

早く食べてほしいんだけど、お母さんは携帯電話をいじってる。ぼくは邪魔にならないように、部屋のすみに行った。

机の上に、腕時計が置いてある。そうだ、腕時計のベルトを直さないと。

接着剤で、ベルトの切れたところをくっつける。腕時計は去年、ぼくの誕生日にお父さんがくれたんだ。そのころお父さんと一緒に暮らしてて……。

胸がじんじん痛みだす。ベルトの傷みたいに、ぼくの心にも傷がある。

腕時計のベルトは直った。強い力で引っぱらなければ大丈夫だ。充電は、どうしよう。ここで充電しても、暗闇の世界で充電できてるとはかぎらない。もしされてなかったら、凶暴なクスクスに勝てるわけがない。

救世主なもんか。そんなわけない。ぼくはふつうの小学生で、ケンカも強くない。たまたま本をひっくり返して、暗闇の世界に行っただけなんだ。

明日、本を返そう。昼休みに図書室に行って、律子先生に謝ろう。そうすればきっと、許してくれるはずだ。

もう寝よう。押し入れから布団を二つ出して敷いた。真ん中にあるカーテンの仕切りを閉めると、部屋は二つに分かれた。

布団に入っても、電気は消さない。カーテンで仕切っただけなので、電気を消せば、お母さんの方も消えてしまう。お母さんがまだ起きてるから、ぼくは電気をつけたまま寝るんだ。

だけど全然眠くならない。目をつぶっても、暗闇の世界のことを思い出してしまう。

「絶対もどってきて！」

純の声が頭の中で響いてる。でも純、無理だよ。あんな危険な世界には行けないよ。

でも、とりあえず充電だけはしておこう。暗闇の世界に行くためじゃなく、休み時間のために。予鈴の前に、アラームが鳴るように。
布団から出て、腕時計を窓の下に置いた。これで寝られるような気がした。布団にもどって「おやすみなさい」とつぶやくと、カーテンの向こうから「おやすみ」という声が返ってきて、ぼくはすぐに眠りに落ちた。

*

「しまった！」
朝、目覚めてすぐ窓の下を見ると、腕時計が部屋の方を向いていた。充電するためには、文字盤を窓に向けて光をあてないといけないのに。
不安な気持ちで、ボタンを押した。文字盤がピカッと光った。
「よかったあ」
思わず声が出た。でも、どのくらい充電できてるかわからないぞ。

お母さんの布団はもうしまわれていて、真ん中のカーテンを開けると、部屋にはだれもいなかった。

緑色のパーカーを着て、外に出た。

明るい！　朝日で街が黄色く見える。この世界は平和だ。だってクスクスにおびえずに道を歩ける。

純たちは今ごろ、どうしてるんだろう？　暗い朝をむかえて、おびえながら登校してるんだろうか。

ダメダメ、考えないようにしよう。ぼくは歩くスピードを速め、学校へ急いだ。

「焼却場で燃やすぞ！」

教室の前までくると、声が聞こえた。やっぱり今日もやってる。

嫌な気持ちを押し殺してドアを開けると、男子が小林君の教科書を松明みたいにかかげ、走ってるのが見えた。

「とりかえさないと焼却場で燃やされるぞ！」

まわりもはやしたてる。教室のうしろでは、桐山エリ子がニヤニヤ笑ってる。

昼休み、ぼくは教室を飛び出した。本をうしろポケットに入れて、階段を駆けおりる。

今日、本を返そう。ぼくには関係ないんだ。ぼくが行きたいと思ったわけじゃない。突然、暗闇の世界に飛ばされて、ケガまでしたんだ。

それに腕時計の充電も、暗闇の世界に引き継げるとはかぎらない。今朝の充電が暗闇の世界で使えなかったら、ぼくにはなにもできないんだぞ。

暗闇の世界のことなんて関係ない。純や左千夫のいる世界と、ぼくの住む世界は違うんだ。こんなやっかいなものに、かかわってられないんだ。

階段の上から、小林君の泣き声が聞こえた。「焼却場で燃やすぞ」っていじめられてる。あれも、ぼくには関係ないんだ。

図書室のドアを開けると、律子先生はカウンターに座り、なにか読んでいた。司書教諭っていう図書室専門の先生で、ほとんどしゃべらないから、みんなから変わった先生だと思われていた。

図書室に入って歩きだす。早く本を返そう。勝手に持ち出したんだから怒られると思うけど、これを返せば、終わりなんだ。暗闇の世界から逃げることができる。純からも、左千夫からも、クスクスからも。

関係のない世界の、関係のない人たち……。そうだ、みんな、本の中の人物だと思えばいいんだ。ぼくが持ってるこの本の、登場人物だと思えばさっぱりする。

ぼくとは無関係だ。本の中の話なら、つづきを読まなければいいだけだ。本を返せばそれでおしまい。

でも、本の中の人たちって……つまり登場人物って、本を閉じてるあいだ、どうしてるんだろう？

　気がつくとぼくはカウンターの前に立っていて、律子先生が目の前でじっと、ぼくを見つめていた。

「先生、読まなくなったら、本の世界はどうなるんですか？」

　な、なに言ってるんだ！　思わず律子先生に聞いちゃった！

　先生はなにも言わず、ぼくをじっと見つめてる。

　まずい、変な子だと思われてる。もっとなにかしゃべらないと。

「ほ、本の世界に住む人たちは、ずっと止まったままなんですか？」

　先生は一瞬、目を伏せた。

「本の中では、みんな、生きてるの」

　そう言ってまたぼくを見た。小さくかすれた声だけど、たしかな音色があるような、不思議な声だ。

「え、えーと……ごめんなさい！」

ぼくはカウンターの前を走った。広場をぬけ、本棚と本棚のあいだに隠れるように入った。

なんてはずかしいことを聞いたんだ。もう律子先生の前に出られないよ。本も結局、返せないじゃないか。バカバカ、ぼくのバカ。

ぼくはうす暗い通路で、自分の失敗をなじりつづけた。そうして昼休みが終わるころ、ようやく決心した。このまま本棚にもどそう。もともとちゃんと借りた本じゃないんだから、こっそり返せばいいんだ。

本棚に手をのばし、辞典を手にとった。箱だけで中は空っぽだ。

ぼくはうしろポケットから本を出した。

「本の中では、みんな、生きてるの」

さっきの律子先生の言葉がよみがえる。ぼくの心にグサッと刺さってる。みんな、生きてるんだろうか。純も、左千夫も。

ぼくは本を見つめた。

「シン！」

純の声が聞こえた。本の中からだ。それに、暗闇の世界の声や物音も、ざわざわとあふれ出してくる。「クスクス……」と不気味な声も聞こえる。今でもみんな、怪物から逃げているんだ。

どうしてだろう。自分でもわからないけど、このまま本をもどして、純たちを忘れることはできないと思った。

パーカーのポケットから腕時計を出した。ぼくは救世主なんかじゃない。世界を救える自信なんてない。でも、ぼくには光を生み出す腕時計がある。

不完全だけど、充電はしたんだ。暗闇の世界でも充電できてるかわからないけど、きっと、大丈夫だよね。

ピピピと腕時計が応えた。あと十秒で予鈴が鳴る。

---

6. ヒヨ子

暗闇の中でチャイムが鳴ってる。きっと予鈴だ。光なんかほとんどないのに、ぼくにはここが、図書室の通路だとわかった。

ぼくが見つけた法則だと、入った場所と同じところに出るんだ。図書室の通路で本を回せば、暗闇の通路に出る。

初めて暗闇の世界にきたときも、ここだった。そのときはなにも見えなくて、怖くておびえてた。でも、今では少し、余裕がある。

それに、ぼくには光の出る腕時計があるんだ。

腕時計を見た。充電はどうなってるんだろう。もしも、ボタンを押して光が出なかったら、ぼくの世界の充電は、暗闇の世界では使アラームを止めて、本を開いた。怖い。自分に救えるかどうか、わからない。だけど……。

チャイムが鳴りはじめた。教室にもどらないといけない。なのにぼくは本をひっくり返した。純たちのために。

世界が回った。

本を回して、下の段の、横書きの文章を読もう

えないってことだ。

腕時計に手をのばす。ボタンにふれた。この小さな出っぱりを押せば、結果がわかる。

もし充電されてなかったら、どうやってクスクスと戦えばいいんだろう。

予鈴が鳴り終わって、図書室は静寂に包まれた。暗闇の中、ぼくはボタンを押した。

ドバッ！　光が出た。柱のように天井までのびて、そのなかを、小さなホコリがキラキラ舞っている。

やった！　充電は暗闇の世界にも引き継がれるんだ！　これでクスクスと戦えるぞ！　腕をふると、光が踊る。

10秒たって光が消えると、ぼくはもう一度ボタンを押した。光は一直線に通路をぬけ、中央の広場を越え、図書カウンターのうしろの壁まで届いた。

すごい、あんなに遠くまで！

ぼくは通路を走って広場に出た。光でそこら中を照らす。

がらんとして、だれもいない。カウンターに律子先生の姿もない。

そういえば昨日、暗闇の世界にきたときも、先生はいなかった。どうしてだろう。

カウンターの横にはドアがあって、閉まってる。その先は廊下だ。もしかしたら先生は、職員室にいるのかも。それか、この世界には、律子先生は存在しないのかも……。

腕時計の光が消えた。ボタンを押そうと手をのばすと、指が腕時計のバンドにふれた。

あれ？　ゴムのバンドなのにザラザラしてる。光をつけて見てみると、白い氷のような塊がついている。

これは接着剤だ。クスクスにやられて切れかけたから、昨日ぼくが直したんだ。

思い出したみたいに、左腕がジンと痛んだ。見るとパーカーの袖が切れていて、ヒラヒラゆれてる。これもクスクスにやられたんだ。

法則を思い出す。暗闇の世界にくるたびに、ぼくは最初にきたときの姿になる。つまり昨日の昼休みのかっこうだ。その証拠に、今ぼくは、昨日クスクスに切られた灰色のパーカーを着ている。

ぼくの腕にも、パーカーの袖にも、腕時計のバンドにも、切られた痕が残ってる。ってことは、かっこうは昨日にもどるけど、直ったりはしないってことだ。傷は残って、もとにもどらない。暗闇の世界でやられたら、終わりなんだ……。

腕時計の光が消えた。闇のシャッターがおりて、図書室はあっというまに暗くなった。窓から弱い月明かりが差しこんでいるけど、ぼくにとって頼りになるのは腕時計だけだ。この光が唯一の希望だ。

腕時計のボタンに手をのばして、止まった。そうだ、充電はどのくらいあるんだろう。このまま光をつけて大丈夫なの？

今朝、腕時計は窓とは逆の方を向いていた。100パーセントの充電じゃないはずだ。ぼくは充電の量を知ることができない。クスクスが現れたときに、昨日のように充電切れになったら……。

光は廊下に出たらつけよう。節電することにして、ぼくは暗闇を歩いた。カウンターの前を通りすぎようとしたとき、コツン、と音がした。

なに!?　あわてて音の方を見る。窓から聞こえるぞ。さらにコツン、コツン……音がつづく。

もしかしてクスクス？　それにしては小さな音だ。

用心しながら広場まで引き返した。静かに窓に近づく。外は月の

84

光だけで、よく見えない。クスクスらしき姿はないけど、たしかに音はした。

さっき節電しようと思ったばかりだけど、ぼくはしかたなくボタンを押した。

光が飛び出し窓をぬけ、外を明るく照らした。広い通路がある。その向こうには花壇がある。真っ暗の世界なのに、花がいくつも咲いている。

だれもいないみたいだ。そう思った瞬間、ヌッと顔が現れた。

外にだれかいる！　腕時計の光を顔にあびて、まぶしそうに顔をクシャクシャさせてる。

お、女の子だ。純よりも小さい子で、4～5歳くらい？　まるっとした体で、ピョンピョン飛びはねてる。

腕時計の光が消えて、暗くなった。ぼくはすぐに窓を開けた。

86 「なにしてるの？　そんなとこにいたらあぶないよ」

突然女の子が駆けてきて、バサッと飛びあがったかと思うと図書室に飛びこんできた。

「うわ！」

女の子はぼくの目の前にストンと着地して、

「ありがと、開けてくれて」うれしそうにピョンピョンとはねている。な、なんなのこの子？

腕時計の光をつけて、女の子を照らした。

全身黄色だ。モコモコした黄色いセーターを着て、細身の黄色いズボンをはいている。ぷっくりした丸顔に丸い体。大きさの違う風船を２つ重ねたみたいだけど、手足は細くて、スラッとしてる。女の子が飛びはねるたびに、丸顔を覆う黄色い髪がサラサラゆれた。

「光るんだねそれ！」女の子が目を輝かせて腕時計を指さした。

「う、うん」

「すごいねー！」手をのばして、チョンと腕時計にふれたけど、すぐに手を引っこめてモジモジしてる。腕時計に興味があるみたいだ。

「きみ、名前はなんていうの？」

「ヒヨ子！　ヒヨはカタカナで、子は漢字！」

「そうなんだ……。えっと、ここの学校の子？　何年生？」

「ピヨピヨ！」ヒヨ子が笛のように笑った。「ヒヨ子は外のおうちにいるんだよ」

　外のおうち？　変なことを言う子だ。ぼくの学校でもニワトリを飼ってて校舎の外に小屋がある。でもヒヨコなんかいないし、それにこの子は名前がヒヨ子ってだけだ。

「クスクス！　クスクス！」と言ってヒヨ子がいきなり走りだした。

「ど、どうしたの？」

ヒヨ子は図書室のドア目がけてはねていく。

なんなんだ？　暗闇の世界はわからないことだらけだけど、ヒヨ子はその中でも、いちばんのナゾだ。

とにかく今は放っておこう、と思ったとき、窓の外から嫌な臭いが漂ってきた。鼻の粘膜にこびりつくような、獣の臭いだ。

ふり向くと、窓の外に大きな体が見えた。月明かりに白い肌が光ってる。体を大きくゆらしながら、こっちに歩いてくる。

ぼくは窓に走った。クスクスは動きが遅く、まだ時間がある。

すぐに窓を閉め、カギをかけた。

腕時計のボタンに手をそえたけど、節電って言葉が頭に浮かんだ。

ここで光を使っていいの？　もし充電がなくて、これが最後の光だったら？

ぼくは撃つかまえをして、じっと息をつめた。もし窓を破って入ってくるなら、そのときは、光で撃つ。

クスクスは、のっそり窓の近くまでよってきたけど、それ以上はなにもせず、しばらくすると離れていった。もう１匹、別のクスクスも現れたけど、やっぱりこっちに近づく気配はないようで、迷子の犬みたいに外をウロウロしてる。

ボタンから手を離して、ぼくはほぉっと息を吐いた。どうやらクスクスは、閉まっていれば、ドアや窓から強引に入ってくることはないみたいだ。

「もう大丈夫だよ」

カウンターの方に声をかけた。

「ヒヨ子？」

返事はない。カウンターまで歩いていくと、横にあるドアが開いていて、暗い廊下が見えた。

ぼくもドアをぬけ、廊下に出た。

静まりかえってる。まるで深い海に沈んだ学校みたいだ。ぼくは、重い潜水服を着た潜水士みたいに、ゆっくり、廊下を歩いた。

そのとき、廊下の奥からガラガラと音がした。

あれは玄関のガラス扉が開く音だ。でも、今ごろだれが？

「ピヨピヨ！」

廊下の奥からなにか飛び出した。ヒヨ子だ。廊下を横ぎって階段をあがっていく。

悪い予感がした。さっきのガラガラという音、まさか……。

廊下を急いだ。端までくると、右にある玄関に入った。

ビルのようにならんだ下駄箱が、外からのわずかな光に照らされてる。

そこに、律子先生がいた。いつも図書室にいるはずの先生が、驚いた顔でこっちを見てる。

あっ！　先生のうしろ、玄関のガラス扉が開いてる。そこからクスクスが入ろうとしてる。

クスクスが長い腕を押し入れて、半分だけ開いてる扉を引き裂くように開けた。ギギギィィ、と扉が悲鳴のような音をたてる。

クスクスが中に入ってくる。先生のうしろに迫ってる。

「先生！」

律子先生は凍りついたように動かない。ぼくは腕時計を前に出した。今こそ使うべきだ。先生を助けるために！

「どうだ！」

ボタンを押すと、光はクスクスの横を通りすぎた。

はずれた！

クスクスがのそのそと進みだした。動きは鈍いけど、ぼくだけを目ざして突進してくる。律子先生の横を通り、ぼくの前まできて、グワッと腕をふりあげた。

「うわあ！」とっさに腕をふった。光が左から右へ、切るように移動すると、次の瞬間、クスクスは真っ二つになった。

「すごい……」

律子先生の声が聞こえた。

上下に切れたクスクスが、地響きをたてて倒れる。でも先生のうしろに、もう１匹、クスクスが見えた。まだ玄関の外だ。

「先生！」

ぼくは駆け出して、玄関のガラス扉にはりついた。すぐに左側を閉める。

律子先生も走ってきて、右の扉を閉める。外からやってくるクスクスの目の前で、ぼくと先生は扉を閉めた。

ドシン！　という衝撃があって、重い扉がガッチリ閉まった。扉の下のカギをかけると、ぼくは長いため息をついた。

「まにあったね！」

声の方を見ると、目の前に律子先生の笑顔があった。あれ、変だ。先生がいつもより若く見える。それにすごく明るい雰囲気だし。

「あの、えっと……」

モゴモゴ言ってると、倒したクスクスが蒸発して、それにあわせるように、腕時計の光も消えた。

「ねえ！　それ、光るってことは、きみがウワサの救世主なの？」

「はあ……」

「すごい！　助けてくれてありがとう！」

「どうも……」

なんだか、とまどってしまう。そのとき、チャイムが鳴りはじめた。午後の授業がはじまる時間だ。

「ねえ、教室に行きましょ！　みんないるから！」

「え？」

「ほら早く！」

先生はぼくの手をとり、玄関から強引に連れ出した。

いつもの律子先生と全然違う。ぼくはどうしていいかわからずに、引っぱられるまま階段をあがった。

２階に出るとようやく手を離してくれたので、ぼくは先生のあとについて廊下を歩く。

通りすぎていく教室はどれも暗い。だれもいないのかな？

ドアに近よって中をのぞくと、ズラリとならんだ机の下で、動いている影が見えた。

「クスクスが来たら、みんなああやって隠れるの。さ、行きま

94

しょ」

　そう言って律子先生は歩いていく。ぼくもあとを追いかけると、

「はい到着！」先生が止まった。

「先生、この教室って……」

「６年３組よ。わたしの担任のクラス」

「担任、なんですか？」

「そう、わたしの名前は――」

「律子先生。浅間律子先生ですよね？」

「すごい！　どうして知ってるの？」

「え、えっと、なんとなく……」

「なんとなく、ね。さっすが救世主！」

　そう言って先生はドアを開けた。

7．暗闇の６年３組

教室はガランとしていた。窓から月明かりが入ってるけど、真夜中みたいに暗い。机とイスだけがならんでいて、人はだれもいなかった。

さっきの教室みたいに、机の下に隠れているわけでもなさそうだ。教室を間違えたのかな？

だけど律子先生はスタスタ教室に入っていく。ぼくも先生のあとについていくけど、６年３組のみんなはどこへ行ったんだろう？

「出てきなさい。クスクスは救世主くんがやっつけてくれたよ！」

先生の言葉に、教室のうしろにある掃除用具箱がガタガタゆれて、

「救世主！」

飛び出してきたのは、おかっぱ頭の女の子……純だ！

純がタタタ、とぼくの前まで駆けてきて、

「やっぱりもどってきてくれたんだね！」

「うん、純も無事に逃げられたんだね」

「あったり前でしょ！」

ハハハ！　とぼくたちは笑った。まさか純が6年3組の生徒だったなんて。

ギギギ！　嫌な音が教室に響いた。だれだ、せっかくぼくたちが喜んでるのに。音の方を見ると、だれもいないと思った机の下に、１人隠れてる。

「おいシン、なにしにきたんだよ！」出てきたのは左千夫だ。

「なにって……」

「先生、こんなやつほっといて、授業やろうぜ！」そう言って教室の真ん中の席に座った。……左千夫も３組なんだな。

「じゃあ、授業はじめようか」

　律子先生が言ったので、純もしかたなく席にもどる。左千夫の席から右に２つずれた、窓ぎわの席だ。

　ぼくは突然、宙ぶらりんになった。

「先生、あの、ぼくは……」

「救世主くんも授業うける？」

「せんせー」純が手をあげた。「彼は佐田真一郎って名前だけど、みんな、シンって呼ぶんだって！」

「へー、じゃあシン、好きな席に座って。授業はじめるよ！」

「はい！」ぼくはクラスにうけ入れてもらった気がして、うれしくなった。転校生ってこういう気持ちなのかもしれない。

でもどこに座れぱいいんだろう。教室を見わたすと、純と左千夫の席以外、全部空いている。あらためて見ると奇妙な光景だ。

「先生、あの……みんな休みなんですか？」

律子先生の顔が、電源を消したテレビみたいに暗くなった。ぼく、なにかまずいことを聞いたみたいだ。

「あのね、みんなクスクスに……」純の声は、小さくかすれてる。

「クスクスが、６年３組の子を、１人ずつ連れていくの……」

あたりを見まわした。暗い教室に、だれもいない机が30台以上ならんでる。

「だからこのクラスには２人しかいないの？」

「うん……」

「クスクスにさらわれて、それからどうなるの？」

「グズグズの、生け贄になるの……」

「グズグズ？」

「次の生け贄は純なんだ！　純が狙われてるんだよ！」

先生が左千夫を止めた。

「そうとはかぎらないでしょ。２人いるんだから」

「こないだシンが現れたとき、オレと純は逃げたんだ。そんとき、オレじゃなく、純の方を追ってきたんだよ！」

「だから、グズグズの生け贄は、わたし……」

純が下を向いて、教室は悲しい空気になった。でも、グズグズってクスクスとは違うんだろうか？　グズグズといえば、ぼくにとっては小林君をいじめる桐山コウジのあだ名だ。

「先生、グズグズってなんですか？」

「え？　シンは知らないの？」

「はい……」

「シンは別（べつ）の世界からきてるから、こっちの世界のこと、知らないんだよね……」純がつぶやいた。

「じゃあこうしましょう！」突然（とつぜん）、先生が明るく言った。「今日はシンに、この世界のことを教える授業（じゅぎょう）にしましょう！」

「えー、でも！」

「さんせーい！」

先生のおかげで教室がいっきに明るくなった。

「じゃあ授業（じゅぎょう）をはじめるから、ほらシン、早く好（す）きな席（せき）に座（すわ）って」

せかされて、純と左千夫のあいだの席（せき）に座（すわ）ろうとすると、先生が止めた。

「あ、そこはダメなの。休んでるだけで、いるの」

「じゃあ６年３組には、もう１人いるんですか？」

「そう、家にこもってしまって、出てこなくて。もうずっと、学校にきてないの」

「広田椎奈……」純がボソッと言った。

「それ、休んでる子の名前？」

「うん。椎奈は、この世界で唯一の探険家だったの」

「探険家？　ってなに？」

「おまえ、ホントなんも知らねーんだな、へへ！」

「左千夫はだまって！　今はシンに教える授業なんだから！　先生、わたしがシンに、世界のことを教えていいですか！」

「ＯＫ！　がんばって！」

　純が元気よく立ちあがった。

「探険家は、この世界ではいちばん大事な仕事なの。世界の果ての、さらに向こうを旅してきて、世界をもっと大きくする役目なの」

　そう言って純がチラッと先生の方をうかがった。先生はウンとう

102

なずいた。あってるらしい。でもぼくにはわからないことだらけだ。

「ねえ純、世界の果ての向こうが見つかったら、たしかに世界は大きくなるんだろうけど、でもね、世界の果てってあるの？」

「ケッ！」左千夫のバカにした声が聞こえた。

「シン、こっちにきて外を見て」純が窓にピッタリはりついた。ぼくも窓のそばに行く。

北北西小学校は、なだらかなのぼり坂の途中にある。だから校舎の２階からでも、街が見わたせる。外を見ると、街は暗い。月明かりに照らされて、家の屋根や輪郭がうっすらわかるくらいだ。

「暗い、街だよ？」

「もっと！　その先！」

純にうながされて目線をあげた。家が、河原の小石みたいに、すきまなくならんでる。さらにその向こうは……。

「あっ！」思わず声が出た。なにもない。突然、途切れてなくなってる。陸地と海の境目みたいに、ゆるやかなギザギザになって、街は終わってた。その向こうは、ない。

　どういうこと？　暗くて見えないんじゃなく、街の向こう側がぽっかりと消えてる。真っ白でもないし、透明でもない。真空で、なにもないような。つまり、あそこから先は存在してないってこと？

「あれが、世界の果て。その先を、探険家の広田椎奈が旅すると、世界が広がっていくの」

「な、なるほど……」

「でも椎奈は、家にこもって出なくなっちゃった。だからこの世界はずっと広がらないし、ずっとこのまま」

「どうして出てこないの？　探険家なんだよね？」

純が言葉につまって、助けを求めるように律子先生を見た。先生は自分では答えずに、うながすように左千夫を見る。
「太陽のせいだ」左千夫は不機嫌そうに言った。「太陽が出なくなってクスクスが凶暴になったから、怖くて家から出られないんだ。いくじなしなんだ」
「左千夫が勝手にそう思ってるだけでしょ！　ほかに理由があるかもしれないでしょ！」純が反論したけど、
「じゃあ、ほかの理由ってなんだよ」
「それは……」
「ホラ見ろ！」
「うるさい！」純が机の上の消しゴムを投げた。消しゴムは左千夫の頭にあたってポコッといい音がした。
「いてっ！　このおっ！」左千夫は消しゴムを投げ返すけど、全然違う方向へ飛んでいく。

「左千夫のへたくそ！」

「暗いせいで野球の練習できないからだ！」

「もとからでしょ！」

「２人ともやめて」やっと先生が止めた。「たしかに、太陽が出なくなったのと、椎奈さんがこなくなったのは同じころね」

「同じころ？」ぼくは先生の言葉が気になった。でも、なにが気になってるのか自分でもわからない。だから別のことを聞いてみた。

「先生、どうして太陽が出なくなったんですか？」

「それがわからないの。ただ、太陽が出なくなってから、この世界はすごく悪くなってしまったの」

「クスクスだって、昔は１匹か２匹くらいだったのに……」純が、下を向きながら席に座った。「今は夜になるとあんなにたくさん

106

……だからもう、逃げられない……」

純が机の上につっぷした。かわって、左千夫が立ちあがった。

「クスクスは、昼間は月の明かりで活動が鈍くてよ、ゆっくり歩いてるんだけど、夜、光がなくなったらヤバくて、手あたりしだい人を襲うんだ」

ぼくは昨日のクスクスを思い出した。昼休みの図書室では動きが遅かったけど、夕方、純たちと逃げたときは動きが速くなっていて、アパートの通路では飛びはねるくらいになっていた。

「だけどクスクスは、６年３組だけ１人ずつ、グズグズの生け贄に連れてくんだ」

そうだ、左千夫の言葉で思い出した。

「ねえ、グズグズってなんなの？」

「グズグズはクスクスの親分だ。自分の城から出てこないで、手下のクスクスに生け贄を連れてこさせてるんだ。おい、あれ見ろよ」

　今度は左千夫が窓ぎわに行く。ぼくも外を見ると、左千夫が世界の果てのさらに先を指さした。

　世界の果ての先には、なにもない……はずなのに、おかしいぞ、なにかある。さっき外を見たときは、世界の果てばかり見て気がつかなかったけど、世界の果てのさらに先、なにもないはずの空間に、煙突と建物だけがポツンと見える。

「あれがグズグズの城だ」

　あの煙突に見おぼえがある。ぼくの世界では、あれは焼却場の煙突だ。お父さんがそこで働いてるからよく知っている。でも、変だ。

「ねえ、グズグズの城は、世界の果ての、さらに向こうにあるよ」

「だからだれも近よれねーんだ。クスクスは城からきて、生け贄を捕まえたらもどっていくんだ」

「ってことは、クスクスは城まで行けるんだね！」

　ぼくの言葉に左千夫がつまって、律子先生を見た。

「そうみたいね。でもどうやって行ってるのかわからないし、もし行ける手段があっても、クスクス以外の人間が、同じように行けるとはかぎらないでしょ」

「じゃあどうやってグズグズを倒すんですか！」

　先生と左千夫と純が、驚いた顔でぼくを見た。

「シン、おまえ、グズグズを倒せると思ってるのか？」

「え、あ……そうかも」思わず言ってしまった。純と左千夫が同時にしゃべり出す。

「すごい！」

「そんなの無理だ！」

「どうして無理なのよ！」

「だってグズグズの城には行けないんだぞ！　行けてもどうやって倒すんだよ！」

「シンには光があるじゃない！　クスクスとグズグズの弱点は光なんだから！　ねえ先生！」

「そう、ね……」先生はこまった顔をしてる。

「先生、今までグズグズと戦った人はいるんですか？」

「ケケッ！」左千夫が笑った。「バカ言うなよ。城までたどりつけねーんだぜ」

「じゃあ、この世界でグズグズを見た人は？」

「いねーよ」

「じゃあどうして、グズグズの城のこととか、光に弱いとかわかるの？　それに、生け贄になってるとか」

「シン、教科書に書いてあるでしょ？」純が机の中から紙の束を出した。「律子先生がまとめてくれたの、この世界について」
　あのホッチキスで留められたプリントの束が、この世界の教科書なんだろうか？
「シンの世界には太陽があるから、それは必要ないのよね」
　先生が言うと、純は悲しそうな顔をした。
「じゃあ、生け贄なんていないんだ……」
　そう言って、純の目から涙が１つぶ落ちた。
「ぼくがグズグズを倒すよ！」
「オレが守ってやるぜ！」
　ぼくと左千夫が同時に言うと、チャイムが鳴った。
「はい、そこまで」
　先生が笑って言った。

---

8. 集団下校

休み時間のあとも、暗闇の世界の授業はつづいて、さっき聞いたことをもう一度復習した。

この世界に太陽はなく、光もない。世界には果てがあって、ギザギザになったその先には、なにもない。でもグズグズの城は世界の果ての先にある。そこからクスクスがやってきて、6年3組の生徒を生け贄に捕まえていく。次の生け贄は純だ。

でも、生け贄にされるのに、どうして学校にきてるんだろう？

聞いてみると「学校に行かないとダメでしょ。わたしたちは小学生なんだから、そういう決まりでしょ」と純は平然と答えた。律子先生もニッコリうなずいた。

そうかもしれないけど、こんなに危険なら、広田椎奈みたいに家にこもってもいいじゃないか。

そう、6年3組には純と左千夫だけじゃなく、もう1人、広田椎奈という探険家の子がいて、世界の果てを広げる役目だったんだ。だけど太陽がなくなった同じころに、家にこもってしまったんだ。

「同じころ」って言葉にぼくは引っかかりを感じていたけど、そのままこの日の授業は終わってしまった。

教室から出ると、暗い廊下に5、6人の集団がいくつもできていた。帰り支度をした純と左千夫も出てきたけど、純のリュックサックはあいかわらずパンパンだ。たくさん本が入ってるんだろうけど、クスクスに追われたら、また邪魔になるに決まってる。

「クラスごとに、帰る方向が同じ人たちで、まとまって帰るの。クスクスに襲われないようにね」

「でも純、３組は２人だけで大丈夫なの？」

「だからいつも、オレが純を守ってるんだぜ！」

「なに言ってんの、クスクスが現れたらいつも逃げるくせに。でも今日はシンがいるから安心よね！」

「お、オレだって純を守れるんだからな！」左千夫がズンズン廊下を歩きだした。

　ぼくたち３人は学校を出て、左千夫を先頭に、なだらかなくだり坂を歩いた。固まって帰る集団が、横道に吸いこまれるように曲がっていく。

　十字路に出ると、残っているのはぼくたちだけだった。高い塀に囲まれてるのは、ぼくのいる世界と同じだけど、月明かりしかないから、不気味さがいっそう増している。

　左千夫の家は、十字路を右に曲がってちょっと歩いたところにあるらしく、純はその先の商店街まで行くみたいだ。

　ぼくも、２人と一緒に十字路を曲がる。道の両側に家がならんで、電気がついてないから、どれも影絵みたいに黒い。その中の１つが左千夫の家だった。

「オレも純の家まで送ってくぜ！」

　家についたのに、左千夫はいじいじと中に入るのをしぶった。

「おとなしく帰りなよ！　わたしを送ったあと、左千夫はここまでもどらないといけないでしょ。そしたらもう夜だよ！」

「だいじょうぶだ！」

「クスクスがうじゃうじゃ出てくるよ！　いいの？」

「い、いんだよ！　オレも送ってく！」

「もうわがまま！　家に入らないなら、もう一生、左千夫と一緒に帰らないし、一生、口も聞かないからね！　それでいいならついてきなよ！」

純が歩きだした。背中のリュックサックまで怒ったようにゆれている。

ぼくがあわてて追いかけようとしたとき、腕をつかまれた。

「おまえ、ちゃんと純を守れよ。じゃないと許さないからな！」

そう言って、左千夫は家の中にバタンと帰っていった。変なやつ……。ぼくは純を追いかけた。

「純！」

「左千夫って子どもみたい！」

まだ怒ってる。

余計なことを言ってこれ以上怒らせないように、ぼくはだまって歩いた。

するとどこからか、音楽が聞こえてきた。『故郷（ふるさと）』だ。

「あ、こっちの世界でも流れてるんだね……」

「え？　シンの世界でも『故郷（ふるさと）』が流れるの？」

「うん、４時半になったらね」

「おんなじだ！」ようやく純の機嫌（きげん）が直ったみたいだ。「じゃあ『故郷（ふるさと）』の前は『きらきら星』だった？」

「え？　曲が変（か）わったの？」

「うん最近ね。えーと、日付（ひづけ）で言うと２日前になるのかな？」

変（へん）な言い方だ。ぼくは純の言葉が気になった。

「ねえ、『日付（ひづけ）で言うと』ってどういうこと？」

「だって、３年間ずっと10月３日なんだから」

「３年間ずっと？　毎日10月３日なの？」

「だって太陽がのぼらないと次の日がこないでしょ」

「でも……ずっと10月３日なんて、誕生日がこないから、嫌じゃない？　成長してるのに誕生日がこないなんて」

「わたしたち、成長してないの。暗闇になってから、３年間、ずっと、10月３日のままなんだから……」

　純が悲しそうに下を向いた。ぼくには想像できないことだ。３年間、暗闇の中で、同じ日をすごしてるなんて。

　会話がなくなって『故郷』もとっくに終わって、暗闇の中に、ぼくたちの足音だけが響いた。

　十字路からつづく道を歩いていくと、商店街に出た。人通りは少ないし、店はほとんど閉まっている。

　暗い商店街を歩いていくと、純が急に止まった。

「ここがうち」

シャッターがおりて、なんの店かわからない。看板もあるけど、暗くて読めない。時計のボタンを押すと「三知書店」という看板が光で照らされた。

「暗くてだれも、本を読まないから……」

照らされた看板とは反対に、純の言い方は暗く、さびしそうだ。

「純はそんなに本が好きなんだ」

「うん、大好き。シンはどんな本が好き？」

「えーと……」

ぼくは毎日図書室に逃げていて、そこではペラペラ本をめくっていたけど、なにも頭に入ってない。タイトルも内容も思い出せない。

「うーんと、純のオススメがあったら読むよ」

「ホント!?　じゃあシンのためにオススメ考えとくね！　お楽しみにね！」

「うん」

「じゃあね！」

純はタタタと駆けて、シャッターの横にあるドアを開け、つむじ風みたいに家の中に入っていった。

純を無事に送ることができた。

ぼくはきた道をもどって、商店街から出た。

商店街の中も外も、暗さはほとんど変わらない。空を見ると、月が糸みたいに細くなっていて、もう何分もしないうちに消えてしまいそうだ。夜になる。

「クスクス……クスクス……」

声が左右から聞こえた。それも１匹だけじゃない、何匹もいるみたいだ。

反射的に腕時計をさわった。だけど月が消えていき、どんどん闇に近づいていく今、いったい何匹のクスクスを倒せばいいんだろう。

ぼくには腕時計がある、クスクスと戦えるんだ。自分の心を奮い立たせようとするけど、足は正直でガクガク震えてる。

ぼくはまっすぐ十字路へと走りだした。うしろから「クスクス……」と声がした。追ってくる。

このまま行けば左千夫の家があるはずだ。でもクスクスに追われて逃げこめば、左千夫は絶対バカにするに決まってる。

「なにが救世主だよ！」左千夫の声が頭の中で再生される。

あれ？　もうすぐ十字路だ。左千夫の家はどれなんだ？

暗闇の中、家はどれも真っ黒で、まったく同じに見える。十字路から何件目だっけ？　この黒い家？　それともとなりの黒い家？

十字路についてしまった。もうとっくに左千夫の家は通りすぎてたんだ。こ、こうなったら自分の家にもどるしかない。アパートに急ごう。

　だけど十字路を曲がったとき、公園から聞こえてきた。

「クスクス……クスクス……」

　風でゆれる木のざわめきみたいに、無数のクスクスの声が聞こえる。あの中を通るなんて無理だ。

　うしろから、ずっと呪いのようについてきたクスクスの声が迫ってくる。

　ふり返って、闇に腕時計を向けた。

　姿は見えない。声と足音だけが近づいてくる。息を吸って、大きく吐いた。心臓がドキドキ鳴ってうるさい。

　そのとき、見えた。闇の中から亡霊のように、クスクスが２匹現れた。もう５メートルもない。

「い、行け！」

122

ボタンを押すと、光が飛んだ。クスクスにあたって、１匹倒れた。でもその横をもう１匹、こっちにやってくる。

腕時計を横にふった。光が横に走り、クスクスの腕を切る。だけどスピードをゆるめず向かってくる。

「そんな！」

クスクスが飛びかかってきた。とっさに光をふりおろす。まるで、ぼくの手首から刀がのびてるみたいに、斜めに切った。

ズバッ！

首の横からスッパリ切られて、クスクスがバタリと倒れた。

２匹、やったぞ。

ドドド……。地響きがした。公園からだ。すごい数のクスクスがやってくる。

音はほかの道からも聞こえてくる。まるで世界中のクスクスが

9.『故郷』の秘密

図書室の通路に立っていた。足がガクガク震えてる。

ギリギリで、帰ってきたんだ……。

大きなため息をついたとき、気がついた。昼休みの予鈴が鳴っている。

きょ、教室にもどらないと……。

ぼくは通路を歩きだす。足の感覚がなく、ふわふわ浮いてるみたいだ。

広場に出ると、カウンターに律子先生が見えた。腕時計と本をポケットに隠す。

そうだ、暗闇の世界の先生は若く見えたんだ。どうしてなんだろう？

律子先生は、下を向いて顔が見えない。近づくほど、

怒ってるみたいだ。

　む、無理だ。１人で戦うなんて絶対無理だ。今からでも遅くない。もう一度、左千夫の家を探そう。

　だけど前からも足音が聞こえてくる。

　ボタンを押した。

　弾丸みたいに飛び出した光が、闇の中にうじゃうじゃいるクスクスの姿を照らし出し、１匹の体に穴をあけた。

　すぐに光が消えた。

　え!?　早い！　あわててボタンを押すけど、次に飛び出た光は、クスクスの体に穴をあけられない。そいつが猛然と向かってくる。

「そんな！」

　光はまばたきみたいに点滅し、消えた。何度もボタンを押すけどつかない。

先生の顔が気になって仕方ない。
ジロジロ見ながら前を通ったとき、先生が顔をあげた。
ほら、やっぱり暗闇の方が若いぞ。それにこっちの先生は、暗いし表情もない。
「なに？」
先生が言った。
あ、まずい、じっと見すぎた。ぼくはカウンターの前で動けなくなった。
「え、えっと……」
どうしよう、なにか言わないと。でもなにを？ 暗闇の世界の話なんかできないぞ。明るくて若い律子先生に会ったなんて、言えるもんか。
チャイムが鳴り終わろうとしてる。
チャイム、チャイム……そうだ、曲だ。曲のことを聞いてごまかそう。
「あの、えっと、四時半に流れる曲って……」

本を回して、上の段の、縦書きの文章を読もう

クスクスの爪がぼくを切り裂く寸前、世界がぐるりと回った。
かってきたとき、本を開いて回した。
目の前に迫ったクスクスが、腹を減らした動物みたいに飛びか
ぼくはうしろポケットから本を出した。
いや、１つだけ道がある。
もうどこにも逃げられない……。
クスクスがやってくる。うしろからも地響きが聞こえる。

125

このあとなんて言えばいいんだろう？　純はたしか『故郷』の前は『きらきら星』だって言ってた。いつからだろう？　そうだ、これだ。

「四時半に流れる曲っていつから『故郷』になったんですか？」

「……三年前ね」

律子先生はポツンと言った。

「北北西市ができた日に、変わったの」

北北西市は、三年前、北町と北西町が合併してできた。純は、二日前に曲が変わったって言ってたぞ。でも「日付で言うと」って言ってたな。それに、暗闇の世界は十月三日のまま三年間止まってるんだから、えーと、どういうことだ？　わからない！

ゴチャゴチャ考えてたらチャイムはとっくに終わっていた。

まずい！　あわてて図書室を出た。

カウンターの中の律子先生は、下を向いたまま本を読んでいた、と思う。

学校からの帰り道、ぼくは腕時計をつけて、太陽に向けながら歩いた。

暗闇の世界では、あぶないところだった。しっかり充電しないと戦えない。生け贄にされる純を守れないぞ。

十字路を越えて公園に近づいていくと、

「やめてよ……」

小林君の声が風に乗って聞こえた。また公園でいじめられてるんだ。

グズグズが鼻をこする音や、エリ子の声もする。

「もっともっとやって！」

手下たちの笑い声も、

「クスクス……クスクス……」

聞こえてくる。

嫌な気持ちが広がっていく。クスクスの息を嗅いだみたいに、胸がムカムカして吐きそうだ。

下を向いて、きた道を走ってもどった。うしろから、エリ子と手下の笑い声が追いかけてくる。

「クスクス、クスクス……」

笑い声に追いつかれないように、夢中で走った。アスファルトの乾いた地面に、ぼくの影が、ぼくよりも先に逃げていく。

結局、また学校にもどってきてしまった。仕方なく校舎のまわりをブラブラ歩いてると、

「コッコッコッ……」

と鳴き声が聞こえてきた。

校舎の横にはニワトリ小屋があって、のぞいてみると、中でニワトリが一匹、なにかつついて食べていた。丸々とした体に、白い羽がふわふわ踊ってる。金網には「ト

128

リ子」と書いたプレートがはってあった。

トリ子は何年も飼われていて、人間で言うともう大人だ。ぼくはエサをつつくトリ子を見ながら、校舎によりかかった。

腕時計を太陽に向けていると、遠くから『故郷』が聞こえてきた。四時半なんだ。暗闇の世界でも、今、流れてるのかな。

ぼくは暖かい夕陽をあびながら、ゴチャゴチャにしたままだった考えをもう一度思い返した。

純は、四時半に流れる曲は二日前に変わったって言ってた。

律子先生は、曲が変わったのは、北北西市ができた日だと言ってた。今から三年前だ。

ぼくのいる世界では三年前に『故郷』に変わって、暗闇の世界では、二日前に『故郷』に変わった。

わかった！　暗闇の世界は、ぼくのいる世界の三年前なんだ。そこで時が止まってるんだ。そう考えると、説明がつくことがたくさんあるぞ。

暗闇の世界はこっちの世界と似てるんだけど、違うところがたくさんあった。公園近くの砂利の敷地に中古車がなかったし、公園の木も低かった。

なによりこれが決定的だ。暗闇の世界の律子先生は若かった。今より三歳若いとすればピッタリだ。

暗闇の世界が三年前だとしたら……。

ぼくは三年前のことを思い出した。そのころはまだお父さんが家にいた。みんなが一緒に住んでて、すごく幸せだった。

西の空に、ゆっくり沈んでいく夕陽が見えた。あの明かりも、そのうち見えなくなるんだ……。

そうだ！

暗闇の世界が三年前なら、ぼくはまだお父さんと一緒に住んでるぞ。三年前の世界なら、夜になったらお父さ

いっきに暗くなり、ニワトリの鳴き声が聞こえなくなった。

腕時計のボタンを押して照らしてみると、さびたニワトリ小屋が暗闇の中にたたずんでいる……と思ったけど、小屋は新しく、金網がピカリと光った。

そうか、今が３年前と思えばなっとくできるぞ。

小屋の戸は開いていて、ニワトリはいないみたいだけど、中にアメが何個も落ちている。

変だな。ニワトリってアメを食べるんだっけ？

光が消えた。こんなことをしてる場合じゃない。家に帰らないと。お父さんが帰ってくるんだ。

んが帰ってくるはずだ。

ポケットから本を出した。お父さんに会いに行きたい。

本をひっくり返すと、世界が回った。

本を回して、下の段の、横書きの文章を読もう

飛びはねるように校門を出た。坂道をくだり、十字路まで走る。まっすぐ公園の方へ行こうと思ったけど、違う、こっちじゃない。

アパートには、お父さんが出ていったあと引っ越したんだ。暗闇の世界が３年前なら、家は、昔の一軒家の方だ。

十字路を左に曲がった。足が疲れても、ゼエゼエ息が切れても、とにかく走った。このまま国道に出れば、すぐ先にあるんだ。

でも、国道の手前で、ぼくは立ち止まった。

道がない。道路がギザギザに、斜めに切りとられて、なにもない。真っ暗でも真っ白でもなく、なにも見えないんだ。

そうだ、教室から見たときに、暗闇の世界は途中で終わってた。途切れてその先がなかったんだ。

じゃあここが、世界の果て……。

荒い息を吐き出しながら、ゆっくり世界の果てに近づいた。

「コッコッコッ……」

夕陽がニワトリ小屋を赤く照らしていた。ぼくの目にはまだ涙が残ってる。だれかに見られたらはずかしいから、あわてて手でぬぐった。

一人でトボトボ歩いた。学校を出て坂をくだる。公園をさけて、遠回りして帰った。

家についたらもう夜で、部屋は外より暗かった。電気のスイッチを押すと、蛍光灯が駄々をこねるみたいについたり消えたりをくり返して、あきらめたようにようやく灯った。

うしろポケットから本を出し、机の上に放り投げた。現実の世界でも暗闇の世界でも、悲しいことばかりだ。

お母さんが帰ってくる前に晩ご飯を作ろう。

恐る恐る、手をのばす。なにかにふれると思ったけど、なんの感触もなかった。押し返されることもないし、手を入れることもできない。

ぼくは助走をつけて思いっきり世界の果てにつっこんだ。でも、なにも起こらない。はね返されることもなく、あたった感触もない。その場にストンと立っている。

そんな！　ここまできたのに！　力をこめて、何度も体あたりした。この先にぼくの家があるんだ！　お父さんが帰ってくるんだ！

涙が出てきた。拳で、世界の果てを殴る。足で、めいっぱい蹴る。

どんなに力をこめても、あたった感じが返ってこない。力の反発がなくて、くやしい……。

腕時計を突き出して、ボタンを押した。光は飛んでいくけど、世界の果てから向こうに行かない。

冷蔵庫からモヤシとソーセージとマヨネーズを出した。油のかわりにマヨネーズを使うとおいしくなると、昨日テレビでやっていた。

熱くなったフライパンにマヨネーズを入れると、ジュウジュウとマヨネーズが溶ける。ソーセージとモヤシを入れると、湯気と一緒に香ばしい匂いが広がって、ぼくはようやく、気分がよくなった。

塩とコショウで味を調えて、

「よしできた！」

炊飯器を開けると、中は空で、ご飯がなかった。

シャコシャコシャコ……。お米をザルの中でとぐ。水が冷たい。シャコシャコ……。とぐ音だけが部屋に響く。シャコシャコシャコ……。シンクの中にひとつぶ落ちて、水に流され消えていく。

炊飯器にお米を入れて、スイッチを押した。三十分か四十分、待たないと。テーブルの上のソーセージ炒めは、

ダメなんだ……。

暗闇の中、遠く向こうに、長い煙突が見えた。世界の果てのさらに先にある、グズグズの城だ。

ぼくは無力だ。なにもできない……。

流れる涙をぬぐった。月の明かりが消えていく、夜がヒタヒタと迫ってくる。

うしろポケットから本を出した。ひっくり返すとき、ふと思った。世界の果ては、どうしてこんなにギザギザなんだろう？　世界が回った。

本を回して、上の段の、縦書きの文章を読もう

もう冷めてしまってる。

お母さんが帰ってくるまでに炊けてないと。炊きたてのご飯とソーセージ炒めを食べてもらいたい。今日はせっかく、マヨネーズで炒めたんだ。

ご飯が炊けるまで、部屋の真ん中でポツンと座って待ってる。静かだ。でも、静かでも平気、がまんできる。ぼくは毎日、一人ですごして、休み時間は図書室に行って、学校からも一人で帰って……。

だけど家にはだれかいてほしい。お母さんがいない。お父さんもいない。ぼくはずっと一人だ。永遠に、このままなのかな……。

炊飯器を見た。ご飯はまだ炊けない。部屋のすみに移動して、イスに座った。机の上に、さっき放り投げた本が、疲れた旅人みたいに横たわってる。

本の表紙が見えた。

『ぐるりと　広田椎奈』

初めてハッキリ表紙を見た。こんなタイトルで、こんな名前の作者だったんだ。でも、広田椎奈って、どこかで聞いた名前だ。

「椎奈は、この世界で唯一の探険家だったの」

記憶の中から純の声が聞こえた。そうだ、暗闇の世界で言ってたぞ。学校を休んで家にこもってる子だ。探険家で、世界の果てを広げる役目だったんだ。その子がこの本の作者？

どういうことだろう？　ぼくの世界の広田椎奈は、本を書いた作者らしい。で、その本を回すと暗闇の世界に行ける。暗闇の世界には、探険家の広田椎奈がいて、世界を広げる役目だ。

本の作者と探険家、似てるような気がする。だって、作者は書くことで物語の世界を広げる。

探検家は？　世界の果てに行って、世界を広げる役目だ。おんなじだ。どっちも世界を広げてる。広田椎奈が、こっちの世界と暗闇の世界で似た役目なのは、偶然なんだろうか？

本を開いてみた。上の段は縦書き、下の段は横書きで、さかさまの文章だ。今まで、なにが書いてあるのか気にもしなかったけど、ぼくはようやく興味を持った。広田椎奈はどんなことを書いたんだろう？

上の段の縦書きの文章を、一ページ目から読んでみる。書かれているのは、小学校の日常だ。ぼくと同じ、北北西小学校の六年三組のことだけど、出てくる登場人物は知らない名前ばかりだ。

あれ？　広田椎奈が出てきたぞ。探険家じゃなく、ふつうの小学生だ。それに、純と左千夫もいる。担任は律子先生だ。

どういうことだろう？　出てくる人は暗闇の世界と同じなのに、太陽はあるし、六年三組には生徒がたくさんいる。

　さらに読んでみる。クスクスはまったく出てこない。連れ去られる子もいなくて、すごく平和な三組だ。これは、太陽がなくなる前の三組かもしれない。

　じゃあ下の段の文章はなんだろう？　さかさまの文章を読もうと思って本をひっくり返す――のを止めた。あぶないあぶない。本をひっくり返したら暗闇の世界に行っちゃうんだ。ぼくは本を持ったまま体をかたむけ、頭を逆さにして、横書きの文章を読みはじめた。

　上の段とほとんど同じだ。出てくる人も同じで、出来事も似てる。なのに雰囲気がすごく暗い。さっきはみんな仲がよかったのに、下の段ではやさしくない。なんだかぼくのいる三組を思い出して、嫌な気持ちになる。

　上の段と下の段は出来事が同じなのに、読んだ感想は全然違う。例えば、上の段で消しゴムをなくした子がいて、結局それは見つからないんだけど、他の子が消しゴムを貸してあげてる。でも下の段を読むと、なくした消しゴムは、他の子がこっそり隠してたのがわかる。

下の段をさらに読み進めていく。あっ、クスクスが出てきた。こっちにはクスクスがいるんだ。クスクスは、消しゴムを隠された子をさらっていった。そのあと、グズグズの生け贄にされたって書いてある。ページをめくると、別の子がクスクスに狙われはじめてる。

なんだこれ。太陽は出てるけど、まるっきりぼくが行った暗闇の世界じゃないか。

ぼくは夢中になってページをめくった。六年三組の子が次々と、生け贄のために連れ去られていく。教科書には救世主のことが書いてあって、いつかグズグズを倒してくれるらしい。だからみんな、救世主を待ち望んでいる。そのあいだも探検家の広田椎奈は旅をつづけ、世界を広げていく。そして……

ぼくはページをめくった。あれ？　終わりだ。ページがない。どういうことだろう？　こんな中途半端なまま、この本は終わるの？

いや違う。最後のページのその次に、ギザギザの切れ端がくっついてる。これはページが破れた痕だ。今まで気がつかなかったけど、この本は、最後の何ページか破れてたんだ。

ぼくがこの本を見つけたとき、破れた部分なんてなかった。どこにいったんだろう？

「いてて……」

ずっと首を曲げたままだった。ぼくの首もちぎれそうだ。首をまっすぐにもどすと、血がギューッと頭に押しよせた。

あっ！　血のめぐりがよくなったせいかもしれない、ぼくは思い出した。純と左千夫が言ってたぞ、暗闇の世界にも昔、太陽があったって。もしかして、下の段はそのころの話なんじゃないか？

正解を知らせるみたいに、明るい音楽が鳴り響いた。ご飯が炊けた音だ。静かだった部屋が、いっきに明るくなった。

ようやくできた！　ぼくはイスから飛びあがり、部屋を駆けぬけた。炊飯器を開けると、湯気がわっとわきあがり、ご飯の甘い匂いが押しよせてきた。

熱々のご飯をお茶碗に盛って、電子レンジで温めたソーセージ炒めをテーブルにならべる。

「いただきます！」と噛みしめると、ソーセージが口の中で飛びはねた。

モグモグ食べながら、ぼくは本のことを考えた。不思議な本だ。作者の椎奈が、本の中では探検家として登場してる。

それに、下の段に書いてあるのは、きっと、太陽があったころの暗闇の世界だ。まだ椎奈が学校にきている。でも、どうして広田椎奈は家にこもったんだろう？

左千夫は、太陽が出なくなってクスクスが怖いからだと言ってた。

でも純は、ほかに理由があるかもしれないって言ってた。律子先生はなんて言ってたんだっけ？

「太陽が出なくなったのと、椎奈さんがこなくなったのは同じころね」

たしかそう言ってた。そうだ、ぼくは「同じころ」って言葉が気になってたんだ。

「同じころ」ってどういう意味なんだろう？　太陽が出なくなった瞬間、椎奈は家にこもったの？　それとも、太陽が出なくなって、そのあと家にこもったの？

もう一つ可能性がある。椎奈が家にこもって、そのあと太陽が出なくなったとしたら？

明日、暗闇の世界に行ったら聞いてみよう。椎奈がいつ家にこもったのか。椎奈と太陽に、なにか関係があるかもしれない。

ご飯を食べ終えて、お母さんの分のソーセージ炒めを冷蔵庫にしまった。食器を洗って、テーブルの上にメモを置いた。

〈お母さん、ソーセージ炒め冷蔵庫にあるよ。今日はおいしいよ〉

布団に入っても、お母さんは帰ってこなかった。腕時計は窓の下に置いてある。今度はちゃんと、窓に向けてある。暗闇の世界で役に立つのは、唯一これだけなんだ。純をグズグズの生け贄にしない……。

*

朝、目がさめたとき、お母さんはもういなかった。でもテーブルのメモに〈ありがとう〉と書きたしてある。ぼくは胸がギューッと、締めつけられるようにうれしくなった。

外に出ると太陽がまぶしい。充電バッチリの腕時計を

---

10. 広田椎奈の家

朝の明るさが、急に夜の暗さになる。

と言っても、暗闇の世界でも、今は朝だ。だから、暗いんだけどいつもよりはマシな気がする。登校する生徒たちや、会社に行く大人たちが、静かに歩いていくのが見えた。

ぼくは十字路で純を待つ。でもなかなかやってこない。空の三日月はいつもと違い、時間がたつほどふくらんでいく。

ヒマつぶしに、本の表紙を見てみた。

『ぐるりと　広田椎奈』と書いてある。

この中に、こっちの世界のことが書いてあるんだ。まだ太陽が

ポケットに入れて学校へ走った。

純に聞きたかった。椎奈が家にこもったのはいつなのか。探検家の椎奈と作者の椎奈、暗闇の世界の秘密が広田椎奈にあるような気がした。

今すぐ聞きたい。この時間は純も登校中だ。暗闇の世界の十字路に行けば、純と左千夫が登校してくるから合流できるはずだ。

公園を通って十字路まで行った。うしろポケットから本を出し、暗闇の世界に乗りこもうとすると、自分が本当に救世主になった気がした。

まわりを確認する。だれもいない。朝日をあびながら本をひっくり返す。世界がぐるりと回った。

本を回して、下の段の、横書きの文章を読もう

あったころの話だけど、純がいて左千夫もいて、クスクスは6年3組の生徒をさらっていく。

ぼくがこの本を回すと、暗闇の世界に出る。いや、出ると言うよりも、入ってるような気がする。世界がぐるりと回ったときの、本の中に飲みこまれるような感覚……。

本当に、本の中に入ってるんじゃないか？　だとしたらここは、本の中？

「シン！　どうしたの？」

ふり返ると純がいた。大きなリュックサックを背負ってる。

「あ、えーと……」

「なんだよ早く言えよ！」左千夫もいた。野球のボールを上に放り投げ、ぽんと自分でキャッチしている。

「こんなに早く会えるなら、わたし、家からシンに貸す本持ってきたのにー！」

「あ、うん……」ぼくは２人をじっと見た。純と左千夫だ。変わりはない。だけど、もしここが本の中なら、２人は登場人物なの？

「ちぇっ、純、早く学校行こうぜ」

「ねえシン、どうしたの？」

「あ、あのね、聞きたいことがあったんだ。広田椎奈が家にこもったのって、いつ？　太陽がなくなる前？　それともあと？」

「どうしたのいきなり？」

「気になったんだよ。昨日先生は、椎奈が家にこもったのは、太陽が出なくなったのと同じころって言ったんだ。それって太陽が消える前？　あと？」

「そんな細けーこと覚えてねーよ！　時間は止まってるけど、３年前のことだぜ！」左千夫がどなる。

144

「さ、左千夫には聞いてないよ！」ぼくも思わず大きな声を出してしまった。でも左千夫は意外とビビった顔をしてる。効果(こうか)があったみたいだ。

「そうだ、あの日の椎奈って……」純がなにか思い出したみたいだ。

「あの日って？」

「太陽が消えた日。昼休みの終わりに、椎奈は学校を早退(そうたい)したの」

「そのとき太陽はあったの？」

「あった。それから急に夕方になったの。まだお昼なのに、太陽がどんどん沈(しず)んでいって」

「そ、それはオレもおぼえてるぜ。急に夜になったんだ」左千夫もビビりながら会話に加(くわ)わる。

「そう、太陽がおかしくなる前、椎奈は６年３組の教室にいたの。でも急に顔が真っ青になって……」

「真っ青？　どうして？」

「わからない。でも『破れた』って言ったの」

「ん？　どういうこと？」

「わかんない。それだけ言って、教室から出てったの。追いかけたら椎奈は図書室に入っていって……」

　図書室！　いつも図書室が関係してくる。ぼくが初めて暗闇の世界にきたのも図書室だったし、そもそも椎奈の本は図書室で見つけたんだ。なにか関係があるのかもしれない。

「ねえ純、椎奈はそこでなにかしてなかった？」

「うーん、わかんない。だってわたし、図書室に行ったら本に夢中になっちゃって、気づいたら椎奈はいなかったの」

「なんだあ……」純の本好きには、さすがにあきれる。

「でもね、わたしが教室にもどって外を見たら、帰ってく椎奈が見

146

えたの」

「じゃあ椎奈が帰って、そのあとに太陽が消えたの？」

「そう。昼休みのチャイムが鳴るころ、急に外が赤くなって、みんなで窓の外を見たの。真っ赤な夕焼けだった」

「オレもびっくりしたぜ。どんどん暗くなって夜になったんだ。で、律子先生が教室にきて、今日は集団下校だって言ったんだ」

「そのころは３組もたくさん生徒がいたから、みんなで一緒に帰ったの」

「それで？　太陽が沈んでからはどうなったの？」

「それっきり。次の日、朝になっても太陽はのぼらなかった。それから、今日までずっと暗闇。でも……」純がぼくを見た。目が輝いてる。「わたし、あの日のことをすっかり思い出した。椎奈が学校を早退して、そしたら太陽が沈みはじめたんだ！」

147

ようやく、律子先生の言った「同じころ」の真相がわかった。椎奈が家に帰って、そのあと太陽が沈んで、出なくなったんだ。椎奈が先で、太陽があとだ。

「ねえ、ってことはさ……」ぼくは２人の顔を交互に見た。「太陽が出なくなったのは、広田椎奈が家にこもったからじゃない？」

純がぼくを見つめた。左千夫はぼんやりしてる。ぼくは１回、深呼吸をして、言った。

「椎奈を家の外に出せば、太陽がもどるかも」

みんな、だまった。だれも、なにも言わない。ぼくは、たしかな手ごたえを感じた。この世界の秘密に、ふれてしまったような。まるで、なにも見えない暗闇で手をのばしたら、偶然、道案内の看板をつかんでしまったような。

「なんでだよ！」突然、左千夫が叫んだ。でも顔は引きつって、怒(おこ)ってるというよりも、とまどってる。ぼくは言った。

「椎奈は、暗闇(くらやみ)になったから家にこもったとはかぎらないんだ。逆(ぎゃく)に、椎奈がこもったから、太陽が出なくなったかもしれない」

「だからそれがなんでわかるんだよ！　証拠(しょうこ)を出せよ！　証拠(しょうこ)！」

「これ、見て」

ぼくはうしろポケットから本を出した。暗い中、白い表紙がぼんやり浮(う)かぶ。

『ぐるりと　広田椎奈』

「ぼくはこの本を使ってここにきたんだ。この本を回せば、ぼくの世界とこっちの世界を行ったりきたりできるんだ。純、ぼくが本を回したの見てるよね」

「うん。初(はじ)めてシンを見たとき、図書室で本を回してた。あと、クスクスに追いかけられたとき、公園の前でも」

「この本の作者は広田椎奈なんだ。椎奈の本でぼくはこっちにきてる。だから、椎奈がすごく重要な存在なのは、間違いないんだ」

それ以上言わなかった。この世界が本の中で、純も左千夫も、本の中の登場人物かもしれないとは。

ぼくは２人を見た。左千夫はまだカッカしてるけど、純は澄んだ目でぼくを見つめてる。うるんだ瞳が、月明かりで光ってる。

「でもねシン、どうしたら椎奈を外に出せるの？」

「今から椎奈の家に行こう。行って椎奈を外に出すんだ」

「だからどうやって外に出すんだよ……」また左千夫がつっかかってきた。いい加減にしてほしい、と思ったけど、左千夫の顔は引きつって、今にも泣き出しそうだ。

「えっと、だから、椎奈の家に行って、ぼくたちで呼びだしてさ」

でも、純まで不安な顔をしてる。

「どうしたの？　椎奈の家、知らないの？」
「知ってるけど……無理だと思う」
「どうして？」
「おまえ、なんにも知らねーんだな。椎奈の家のまわりは、クスクスがいるんだ」
「なんだ、そんなことか」
「そんなことってなんだ！」つっかかってくる左千夫に向けて腕時計のボタンを押した。光が左千夫の野球ボールにぶつかって、太陽みたいに輝いた。左千夫がびっくりしてあとずさる。
「今日はたっぷり充電してきたから、何匹でもクスクスを倒せるよ！」

結局、学校に遅刻しない時間までという条件で、気乗りしない

151

２人を連れて歩きだした。向かうは椎奈の家だ

　純と左千夫が案内役で、十字路から公園へ行き、右に曲がった。公園沿いの道を歩くと、左側が公園で、右側は住宅だ。月明かりに照らされた家が、静かにたたずんでいる。

　純と左千夫はやっぱりおかしい。無言のまま先頭を歩いてるけど、だんだん歩みが遅くなる。ぼくは追いぬいて２人にふり返った。

「ねえ、この先に椎奈の家があるの？」

　２人はだまってうなずく。もうこれ以上、行きたくないみたいだ。

　そのとき、純が手で鼻を覆った。ひどい臭いが漂ってきた。耳をすますと「クスクス……クスクス……」道の先から聞こえてくる。

　腕時計をさわった。大丈夫、たしかにここにある。ぼくは１人で歩きだした。

「シンっ」

純が呼び止める。だけどぼくは歩いていく。近づくほどに、声の数が多くなる。

「クスクス……クスクス……クスクス……」

いったい何匹いるんだ？　と思ったとき、臭いが波のように押しよせてきた。うっ……。息を止めて、空気を吸わないようにする。まるで水中を歩くみたいだ。でもだんだん苦しくなってきて……。

もうがまんできない！　ぼくはボタンを押した。光が空に飛んで行き、その下に、クスクスだらけの家が現れた。腐った食べものにむらがるハエのように、クスクスがいっせいに飛び散った。

同時にぼくは空気を吸った。強烈なクスクス臭が襲ってくる。おえっ、と顔をそむけ、臭いに押されるようにうしろにさがった。

臭いに目がチカチカする。まばたきしながら家を見た。さっき離れたクスクスたちが、また家に集まりはじめてる。まわりを囲み、

153

壁に貼りつき、屋根にのぼって、びっしり家にへばりつく。

ひどい……。

きっとあれが椎奈の家だ。まるで椎奈を外に出さないようにしてるみたいだ。

ぼくは少しずつあとずさった。だってすごい数だ。何十匹……もしかしたら何百匹かもしれない。

気づかれないうちに逃げよう。大丈夫だ、クスクスは家に夢中で、ぼくに気づいてない。と思ったとき——

「シン！　大丈夫!?」うしろから純の声がした。ダメだよ純、今そんな声で呼んだら……。

「クスクス！　クスクス！」

声がいっせいにこっちを向いた。パッと腕時計の光が消えて、月の光が、白いクスクスの群れを浮かびあがらせる。

に、逃げよう……。走りだすと、うしろから「クスクス！　クスクス！」と声が追ってきた。すごい数だ。ドドド……雪崩のような足音も響く。

「逃げるんだ！」純と左千夫に叫んだ。２人はぼくを待たずに駆けだした。

ぼくは公園の入り口まで走った。ふり返ると、クスクスがすぐうしろにいて、手をのばしてきた！

「うわあ！」腕時計のボタンを押した。ふり払うように腕を動かすと、光がズバッと切った。

２つになったクスクスが、ぐしゃりと倒れる。そのうしろに、道幅いっぱいに走ってくるクスクスの群れが見えた。

逃げきれない。あんな数、相手にできない。今ここで本をひっくり返せば逃げられる。でも、純と左千夫は？

155

歯を食いしばり、目をつぶり、ぼくはずっと立ちつくしていた。

大丈夫、もうクスクスはいない。自分に言い聞かせるけど、目を開けられない。そのとき、

「クスクス……」

声が聞こえた。驚いて目を開けると、下級生たちがぼくを見て、笑いながら通りすぎていく。

「クスクス……クスクス……」

はずかしい！　なにをしてるんだ。ぼくは学校へ走りだした。図書室に行かないといけないんだ。純たちと合流しないと。

校門をぬけて、学校の玄関に入った。みんな楽しそうにおしゃべりして、靴を履きかえてる。にぎやかないつ

バタバタと走っていく２人のうしろ姿が見えた。まだ十字路までも行ってない。ダメだ、絶対追いつかれる。ここで食い止めないと。

「純！　図書室に行って！　ぼくも行くから！」

返事を待たずに、クスクスに向かって腕をふった。のびた光が、長い刀のように闇を切る。

クスクスの群れの、先頭の数匹がバタバタ倒れた。でもうしろからすぐ、新たなクスクスが押しよせてくる。

左へ右へ、何度も腕をふった。ここで防いでるあいだに、少しでも２人を遠くに行かせないと。

腕時計の光が消えた。ボタンを押してまた切るけど、その一瞬のあいだに、距離は何メートルも縮まってる。

このままじゃ、いつかやられる……。あとずさりしながら、腕をがむしゃらにふる。クスクスはどんどん近づいてくる。

もの学校だ。

だけど暗闇の世界では、みんなクスクスにおびえながら登校していて、純と左千夫は今ごろ、図書室に向かってるはずなんだ。

ぼくは外靴を脱いで、下駄箱に手をのばして、ドキッとした。

小林君の上靴が、泥を入れられてグチャグチャになっている。

「おはよう！」

大きな声がした。ぼくの横に、黒と黄色のしましまトレーナーを着た小林君が立っている。こっちを見て笑ってる。

小林君はまだ上靴に気づいてない。ぼくはなにも言えず、おはようも返せない。だって、なんにもできないんだ。いじめを止められないし、図書室に逃げて、見ないようにしてるだけなんだ。

もうダメだ。うしろポケットから本を出そうとすると、手がすべって本が落ちた。

「ああ！」

本を拾ってすぐに開く。クスクスがすごい数で迫ってくる。

本をひっくり返した瞬間、空気を切り裂く爪の音が聞こえ、世界がぐるりと回った。

本を回して、上の段の、縦書きの文章を読もう

ぼくは急いで上靴に履きかえ、廊下に出た。みんなは上にあがっていくのに、ぼくだけ廊下の奥へ歩いていく。小林君の泣き声を聞かないよう、気持ちを図書室に集中させて。

図書室のドアを開けると、律子先生の姿はなかった。ちょうどいい。カウンターの前まで行き、ポケットから本を出した。純と左千夫は無事に逃げられたのかな。今、図書室にいるんだろうか。

でも、二人と合流してどうしよう？　家に近よれないなら、椎奈を出すことは不可能だ。

椎奈が外に出れば太陽がのぼるかもしれないなんて、腕時計の光があるからクスクスを倒せるだなんて、大きなことを言ったのはぼくなのに。

純と左千夫はなんて言うだろう。ぼくを責めるだろうか。なにか別の方法を考えないと、二人に信用されなくなるかもしれない。なのにいい考えが浮かばない。

---

11. 新しい作戦

「わっ！」っと声がして、目の前に純がいた。

「シン！　大丈夫だった？」

「うん、純は？」

「わたしは大丈夫！　それよりどうやって逃げたの？　クスクスは追ってこなかった？」

「本を回して、ぼくの世界にもどったんだ。で、公園から学校まできて、図書室で本をひっくり返して、ここにきたんだ」

「ケッ！　じゃあ、ひっくり返した場所に出るってだけで、自分のこういう気持ちのときは、いい考えなんてなんにも浮かばない。もっと平気な気持ちで、心がゆらがなければいいのに……。

どうしてだろう、小林君のいじめのことや、お父さんやお母さんのことが浮かんでくる。不安な気持ちが、別の不安な気持ちを連れてくる。

嫌だ、押しつぶされそうだ。

ぼくは逃げるように本を回した。世界が回った。

本を回して、下の段の、横書きの文章を読もう

好きな場所に移動できるわけじゃないんだな」

なんだ、左千夫もいたのか。

「そ、そうだよ。でもぼくは、世界を行ったりきたりできるんだ」

「だってよ、純。残念だったな」

「どういうこと？」

「さっき左千夫と話してたの。椎奈の家は、太陽がのぼらなくなってからずっとああなの。いつもまわりはクスクスだらけで、椎奈に話しかけることもできない。でも、もし本の力で、椎奈の家の中にパッと移動できたら、椎奈を外に出せるんじゃないかって」

「でも純、この本は、おんなじ場所に出るだけなんだ。今、図書室で回して、こっちの図書室に現れたみたいに」

「じゃあ椎奈を外に出すのは、おまえには無理ってことだな！」

ケケケ……と左千夫が笑う。自分だってできないくせに、ぼくば明るい図書室にもどって、すぐに廊下に出た。目の前に階段がある。その上に六年三組の教室がある。早く椎奈の家に行きたい。せっかく新しい作戦ができたんだ。今は学校よりそっちの方が大事じゃないの？

ぼくは玄関に向かって歩きだした。もしかして学校をサボろうとしてる？

自分でも決心がつかないまま、廊下を歩いていく。玄関がどんどん近づてくる。まずい、本当にサボっちゃうぞ。

心臓がすごい音でドキドキ鳴ってる。こんなに大きな音、みんなに聞かれちゃう……。

迷いながら玄関まできてしまった。そのとき、斜め向かいにあるトイレのドアが開いた。小林君だ。手に持っ

かり責めてくる。

でも、椎奈を外に出せないのはホントのことだ。せっかく太陽をもどす方法がわかったのに、できないと意味がない。左千夫にもバカにされるし、きっと純もぼくのことを……。

純を見ると、下を向いてなにか考えてるみたいだ。

「でもシン……」純が顔をあげた。「シンの世界の図書室で回せば、こっちの図書室に現れるんでしょ？」

「うん、今みたいにね」

「じゃあ、こっちの世界の椎奈の部屋に行きたかったら！」

「おまえの世界の椎奈の部屋で、本を回せ！」

左千夫がいちばんいいところを言ってしまった。

「左千夫が言うな！」

ぼくと純が同時に言って、同時に笑った。

た上靴から、ポタポタ水が垂れている。

小林君は、ぼくを見て悲しそうに笑った。

心がちぎれそうだ。ぼくは玄関に走り、靴を履きかえ外に飛び出した。

登校する生徒たちが、おかしな顔をしてぼくを見る。だけどかまわない。みんなの波をかき分け、ぼくだけ逆に走る。

小林君の顔が目に浮かぶ。ぼくに見られたからって、涙を流しながら、無理矢理笑った顔。

その顔をふりはらう。逃げてるんじゃない。ぼくは純や左千夫を助けないといけないんだ。椎奈を外に出せば太陽がもどるはずだし、そのためには椎奈の部屋に行かなきゃならないんだ。

坂をくだって十字路をぬけると、登校中の生徒はいなくなった。ぼくは走るのをやめて、負け犬みたいにトボトボ歩いた。

本を回して、上の段の、縦書きの文章を読もう

と、世界が回った。

なんだか救世主っぽいセリフだなと思いながら本をひっくり返す

純と左千夫がうなずいた。

る！」

「行ってくるよ！　暗闇の世界の、椎奈の部屋にたどりついてみせ

うしろポケットから本を出す。

ウキウキしてる。

暗いはずの図書室が、なぜか明るく思えた。純と左千夫も笑顔で

の部屋に行けるんだ。

まだ方法はあった。椎奈の部屋で本を回せば、暗闇の世界の椎奈

161

公園までくると、入り口の向こうに制服姿の中学生が見えた。グズグズだ。ライターの火を芝生に近づけ喜んでる。黒いサングラスに火が反射して、目がまるで、燃えてるみたいだ。

「焼却場で燃やすぞ！」

グズグズの声や、六年三組のいじめの声がよみがえる。今ごろ小林君は……。

忘れよう。ぼくはグズグズを見ないようにして右へ曲がった。

椎奈の家は、暗闇の世界のクスクスが群がる家と違って、静かにたたずんでいた。まるで空き家みたいだ。

家の前まできたけれど、どうやって中に入ったらいいんだろう？　インターホンを押して、中へ入れてくださいって言う？

そんなことできない。なんて説明すればいいんだ。暗闇の世界に行きたいので、椎奈の部屋に入れてください って？

こまった。家の前を行ったりきたりするけど、ぼくは学校をサボってるんだ。肩からカバンをさげて、こんなところをウロウロしてたら、おかしいと思われる。学校に電話されるかも。

ガチャ。音が聞こえた。椎奈の家のとなりだ。ドアが開いて、だれか出てくる。

ぼくはあわてて公園に走り、木のうしろに隠れてそっとのぞいた。

となりの家から、おばさんが回覧板を持って出てきた。椎奈の家のちっちゃな門を開け、敷地に入っていく。玄関の郵便受けに回覧板を入れると、行きと同じルートで自分の家に帰っていく。

椎奈の家の郵便受けから、回覧板の頭が出ている。ぼくがじっと見ていると、舌が口の中に引っこむみたいに、シュッと中に飲みこまれた。

もしかしたら、さっきのおばさんと同じように、となりの家に回覧板を入れに行くかもしれないぞ。そのときこっそり中に入れるかもしれない。

となりの家に回覧板を持っていって、帰ってくるまでに何秒くらいかかるだろう？　十秒？　十五秒？

ドキドキ心臓が鳴りはじめる。静かに、だまってと、言い聞かせるけど、全然言うことを聞いてくれない。どのくらい待てばいいんだろう？　もしずっと出てこなかったら？

椎奈の家のドアが開いた。中から女の人が出てきた。きっと椎奈のお母さんだ。表情のない顔で、ゆっくり、歩いていく。

椎奈のお母さんは門を開け、カタカタとサンダルの音をさせながら道を歩いて、となりの家の敷地に入っていった。

今だ！　木のうしろから飛び出した。道路を走り、門を開け、ドアに向かう。

椎奈のお母さんは回覧板を入れただろうか？　もうこっちに向かってきてるかもしれない。

敷地を走り、ドアに飛びついた。そのとき思った。もしカギがかかってたらどうするんだ？

バカバカ！　どうしてそれに気づかないんだ。椎奈のお母さんはもうもどってくる。今からじゃ引き返しても、はち合わせになるぞ！

ぼくはドアノブを回した。ガチャリと音がして、ドアが開いた。

やった！　ドアを開け、中に飛びこむ。うしろでガチャリとドアが閉まった。

玄関は光がなくてうす暗い。なんだか、閉じこめられたような気持ちだ。

勝手に入ってよかったんだろうか？　ぼくはようやく、

165

自分のしたことの重大さに気づきはじめた。救世主だなんていい気になってたけど、こっちの世界では通用しない。見つかったら警察に電話されるぞ。

カタカタと音が聞こえた。自分が震えてる音だと思ったけど、違う。椎奈のお母さんの足音だ。こっちにやってくる。

まずい！　あわててあたりを見まわした。左にドア、真ん中に階段がある。脱いだ靴を持って玄関をあがる。

左のドアを開けた。暗い居間だ。カーテンは半分だけ開いて、もう半分は閉まってる。ここじゃない。

外から足音が近づいてくる。ぼくは階段に走った。音をさせずに駆けあがる。

二階についたところで、玄関のドアが開く音がした。息をこらして、じっと待つ。荒い呼吸が、下の階まで聞こえてしまいそうだ。

ヒタヒタと足音がして、居間のドアが開いて、閉じた。

中に入ったんだ……。

ようやくぼくは、はあーっと大きく息を吐いた。でも、これで一階におりられなくなった。なんだか、だんだん行き止まりに追いつめられてくような気がする。

見まわすと、廊下の突きあたりにドアがあった。なぜだろう、予感がした。

靴をカバンに入れ、ヒタヒタ廊下を歩いて、突きあたりまできた。ドアノブにをそっと手をかける。

ギギ……。歯ぎしりみたいな音がして、ドアが開いた。

部屋の中から、重い空気が流れ出てくる。押し入れの中みたいな、こもった臭いだ。

そのとき、階段をあがってくる音がした。

椎奈のお母さんだ！　ぼくはあわてて部屋に入って、ドアを閉めた。

暗い部屋だ。カーテンが閉めきってある。動きを止めて、息を殺す。

足音があがってくる。ミシ、ミシ……。だけど、途中で止まって、ゆっくり引き返していった。

よかったあ……。

ホッとして、部屋を見まわす。暗くてよく見えないけど、正面に窓、その下にベッドがある。すみにあるのは机だろう。

音をたてずに、部屋をソロソロ歩いた。

机の上に、日めくりの卓上カレンダーがある。その横に辞典があって、箱がなくて中身だけだ。さらに横には教科書が積んであるけど、暗くて読めない。

これじゃあまるで暗闇の世界だ。ぼくはうしろポケットから腕時計を出して、左腕につけた。

ボタンを押して光を出す。暗闇の世界みたいにレーザービームじゃない。ぼわっとした明るさだけど、こんな光でも心強い。

教科書に光を向けると、いちばん上は算数だ。裏返すと名前があった。

〈六年三組　広田椎奈〉

やっぱりここは椎奈の部屋だ。

辞典に光をあてると『故事ことわざ辞典』と書いてある。椎奈の本は、この辞典の、箱の中に入ってた。中身は家に持ってきたんだ。どうしてそんなことをしたんだろう？

教科書を表にした。算数の教科書だ。算数？　その下は、六年生の国語の教科書だ。おかしい、椎奈が六年生だったのは三年前のはずだ。

なんだか、この部屋は三年前で時が止まってるみたいだ。光もなく、まるで暗闇の世界のようだ。ゾクゾクと、恐怖が背中を這いあがってくる。

突然、真っ暗になった。

「ひえっ！」

思わず声が出た。腕時計の光が消えただけだ。はずかしい、暗さには慣れてるはずなのに。

でも、この部屋はなにか変だ。キョロキョロ見まわすけど、闇の中に動くものはない。

警戒しながら、もう一度光をつけた。ぼんやりした淡い光が、ベッドを照らすと、布団がこんもり、盛りあがっている。

だれか寝てる！

光が、震えてゆれる。暴れる腕を、必死につかんだ。ベッドの横まで恐る恐る歩いていくと、人が、目を開けたまま寝ていた。

「うっ！」

唇を噛んで、声を止めた。寝てるのはきっと、広田椎奈だ。

「し、しいな……。広田椎奈！」

呼びかけるけど反応がない。まばたきすらしない。起きてるのか寝てるのかもわからない。

ふっと光が消えた。ボタンを押して、寒くもないのに震える腕を、机へ向けた。

日めくりの卓上カレンダーに光があたる。カレンダーは三年前の、十月三日のままだ。

記憶の中で、純がささやいた。

「わたしたち、成長してないの。暗闇になってから、三年間、ずっと、十月三日のままなんだから……」

まさか椎奈も、三年間、このまま……。

「椎奈！」

ぼくは布団の上から体をゆすった。

「椎奈起きて！」

ガチャ。ドアの音がした。ふり向くと椎奈のお母さんがいる。

まずい見つかった！　でもぼくよりもお母さんの方が驚いてる。

どうしよう、逃げるしかない。でもどこに？

これ以上、逃げる場所はない。ぼくは学校をぬけだし、こっそり椎奈の家に入って、二階のつきあたりの部屋まできてしまった。ここが行き止まりだ。もうこの先はない……。

違う。ぼくには目的があったんだ。暗闇の世界の椎奈の部屋に行って、外に出すんだ。

ポケットから本を出す。椎奈のお母さんはなにか言おうとしてるけど、モゴモゴ言葉になってない。

でも、どうして椎奈は寝たきりなんだろう？　暗闇の世界で家にこもったことと、関係あるの？

あの日、真っ青になって早退したことと、三年間、時が止まったように寝てることは、どんなつながりがあるんだ？

本を開いてひっくり返した。

椎奈を外に出すことができるだろうか？　現実の世界でこんな姿なのに。

---

12. 暗闇の部屋

暗い部屋が、いっそう暗くなった。カーテンの横から月明かりが漏れてるけど、それだけじゃなにも見えない。

腕時計のボタンを押した。光が走って、壁ぎわの机を照らす。

卓上カレンダーと教科書がある。さっきの椎奈の部屋とおんなじだ。今ぼくがいる暗闇の世界は、3年前のはずだ。ってことは現実世界の椎奈の部屋も、3年間変わってないってことだ。

あれ？　1つだけ違うぞ。机の上に辞典がない。と思ったとき、天井がミシミシ音をたてた。さらに屋根の上から「クスクス……」という声がする。

世界がぐるりと回った。

本を回して、下の段の、横書きの文章を読もう

そうだ、椎奈の家のまわりには大量のクスクスがいて、屋根も壁もびっしりなんだ。

腕時計の光が消えた。でもぼくはそのままにする。息をひそめて、クスクスに気配を悟られないようにした。

暗闇でじっと身をひそめていると、ここが本当の行き止まりという気がした。危険で入れない椎奈の部屋に、現実の世界からようやくたどりついたけど、これ以上先には、進む場所がない。

そうしてしばらく外の気配をうかがっていると、天井を歩くクスクスの足音はなくなり、外も静かになったような気がした。

もうそろそろいいかもしれない。ぼくは腕時計のボタンを押した。ベッドを照らすと、広田椎奈が寝ていた。

「っ！」声が出そうになる。手で口をふさいだ。椎奈は目を開けて寝ている。

その目がギョロッとこっちを見た。

心臓が飛びはねる。あわててベッドから離れた。

「だ……れ……？」かすれた声がした。

椎奈の腕がムクムクと持ち上がり、布団をめくった。

パジャマ姿の椎奈が、ぎこちなく起きあがろうとしてる。右手で左 肩をつかみ、自分を抱きしめながら、体を横に向けた。

椎奈がベッドから足をおろしたとき、光がスッと、気絶したみたいに消えた。

部屋は闇につつまれた。

ズズ、ズズ……。絨毯がこすれる音が聞こえる。なんの音……？

震える手で、腕時計の光をつけた。

目の前に椎奈が立っていた。

「だ……れ……」自分の体を抱きしめてるみたいで、奇妙な姿勢だ。

「ぼぼ、ぼく……」あごがガクガクして、言葉にならない。「ここ、これ……」本を差し出した。椎奈の書いた本だ。

「わたしの本！」椎奈が腕をのばしたとたん、上半身がズルッとずれた。

一瞬、ぼくの目がおかしくなったと思った。だけど違う。椎奈の体が首の横からたすきをかけたみたいに切れていて、切り口はまるで、陸地と海の境目みたいにギザギザだ。

すべり落ちていく体を、椎奈は必死に押さえようとしてる。

腕時計の光が消えた瞬間、ドン！　と落ちる音がした。

ど、どうしたの……？　腕時計の光をつけた。

斜めに切れた椎奈の体があった。でも顔と、上半身の半分がない。

ぼくは恐る恐る、光を下に向けた。椎奈の顔と斜めに切れた体が、絨 毯の上で動いてる。下に落ちた椎奈が、

175

「あなた、だれなの？」

声がした。顔をあげると、椎奈のお母さんがドアから入ってきてる。

そうだ、こっちの世界では見つかったところだったんだ。椎奈のお母さんは、怒るというより、悲しそうな顔で、一歩、二歩、こっちに近づいてくる。

「ごめんなさい！」

ぼくはお母さんの横を走りぬけた。

「待って……」

声が聞こえたけど、階段を駆けおり、外へ飛び出した。

夢中で走った。肩からさげたカバンが、何度も体を強く打つ。

公園の入り口までいっきに走って、うしろをふり返る

「なお、して……」

と言ったと同時に、ぼくの前で立ってる切られた体も、片腕をのばして迫ってくる。

「わわわわ……」

うしろにさがるけど、ドン！　とドアにぶつかった。これ以上さがれない。

切られた体が歩いてくる。なにかをつかもうと、腕が空中をさまよってる。

光が消えた。暗闇の中、床から声がした。

「やぶれ、た、の……」

ガシッと足をつかまれた。

「ひえっ！」

足をふるけど、離れない。どんどん、体が迫ってくる。

と、だれもいなかった。
息が切れた。はあはあと呼吸をくり返す。心臓が暴れて飛び出しそうだ。
倒れそうになって、ヒザに手をついた。足が見えた。ぼくは、靴を履かずに走ってたんだ。
自分がなんだか情けなくなってきた。それと、逃げきれた喜びと、悪いことをしたっていう罪悪感。いろんな感情がごちゃまぜだった。
カバンから靴を出して履いた。公園に入って、芝生の上に寝転がった。これからどうすればいいんだろう。しばらく空を見ていると、きゃっきゃっと楽しそうな声が聞こえた。
起きあがって見まわすと、小さな子どもがお母さんを追いかけて走ってる。秋のゆるやかな日差しが、お母さんと子どもにふりそそいでいる。
でもこれは、この世界だけの話だ。暗闇の世界では、

だめだ！ ぼくは本を開いて回転させた。世界がぐるりと回った。

本を回して、上の段の、縦書きの文章を読もう

純や左千夫が……。

そうだ、椎奈の部屋に行った結果を、二人は知りたがってるはずだ。せめて二人には、椎奈がどうなってたか言わないと。

腕時計を見ると、一時間目が終わろうとしていた。学校をサボったんだから、今から学校には行けない。ここで本を回して暗闇の世界に行こう。

うしろポケットから本を出す。椎奈の書いた本だ。さっき見た椎奈の姿が、写真みたいに鮮明によみがえる。現実の世界の、寝たきりの姿。それに、暗闇の世界の姿……。

どうしてあんな姿になったんだろう？　体が斜めに、ギザギザに切れてた。たとえ外に出せたとしても、暗闇の世界に光はもどるんだろうか？

そもそもあんな姿で、クスクスのいる外に出せるわけない。出たとたん、すぐに餌食になる。

十字路がいつもよりさらに暗く思えた。もう、登校する生徒も、会社へ行く大人もいない。

人気のない道をとぼとぼ歩く。十字路を越えて坂をのぼる。

暗く静かな通学路は、魚のいない水族館みたいだ。道の左右にならぶ家々が、空の水槽みたいでさびしげだ。

学校についたけど、玄関が開かない。カギがかかってる。

どうしよう……。しかたなく、校舎の外を歩く。窓をのぞくと中は暗く、墓場みたいに静まりかえってる。

結局、校舎の端まできてしまった。最後の窓も、やっぱり真っ暗。

でもここは図書室のはずだ。期待をこめて、窓に向けて腕時計の椎奈を外に出せば、太陽がもどると思ってた。だけどぼくが考えるよりもずっと、太陽をもどすのは難しい。これ以上、ぼくにできることがあるんだろうか？　なにもできない。暗闇の世界を救うなんて、無理だったんだ。

本を開いてひっくり返す。世界が回った。

本を回して、下の段の、横書きの文章を読もう

ボタンを押してみた。

そのとたん、中からバタバタっと音がやってきて、

「シン！」

窓が開いて純が顔を出した。

「純！　玄関から入れないんだ」

「あたり前でしょ！　こっから入って！」純が手を差し出してくる。

「い、いいの？」

「早く！」

思いきって純の手をにぎる。綿菓子みたいなふわりとした感触だ。

小さな手がぼくを引っぱりあげようとする。だけどダメだ、全然持ちあがらない。ぼくは力いっぱい校舎を蹴りあげて、中に飛びこんだ。まるで釣りあげられた魚だ。勢いよく床に転がった。

「どうだった！　椎奈のところに行けた？」笑顔の純が、ぼくをの

ぞきこむ。

「う、うん……行けた」

「やったね！　椎奈、なんて言ってたの？　話したんでしょ？」

「えーとね……」なんて言えばいいんだろう？　言葉が見つからないまま起きあがると、

「ホントは行けなかったんだろ。だからなにも言えねーんだよ」

　純のうしろに、いつのまにか左千夫がいた。文句を言わないってことは、ぼくが純の手をにぎったのは見てなかったんだ。

「違うよ左千夫、ちゃんと行ったんだ。大変だったけど、椎奈の部屋に入って、それで……」

　純と左千夫が息を飲んだのがわかった。

「椎奈は……動かないんだ……。眠ってるみたいに、固まってて……きっと３年間、動かないで、ずっと、あのままで……」

180

２人の顔を見られない。ぼくは下を向いてしゃべった。

「そ、それでね……、こっちの世界の椎奈は、ダメなんだ……。外になんか、出せないんだ。ダメなんだ、無理なんだ、切れてて、もう、世界はもどらないんだよ……」

「じゃあ、わたしたちは、どうなるの……」

顔をあげると、純が泣いてた。ぼくのことを信じてくれたのに。

左千夫も無言だ。こんなときこそ、なにか言ってほしい。いつもみたいにつっかかってきてほしい。

純が、なにも言わないまま、ぼくに背を向けて歩いていく。左千夫も一緒に、図書室を出ていく。

ずっと、この世界は暗いままなんだ。クスクスにおびえながら、６年３組の生徒は１人ずつ生け贄にされてく……。

次は純で、その次は左千夫。ぼくにはもう、なにもできない。

ぼくは図書室に残されて、立ちつくした。なんにもできない自分が、たまらなく嫌だった。

そのとき「ピヨピヨ！」と声がした。ふり向くと、開けっ放しの窓から黄色く丸いものが飛びこんできた。

ヒヨ子だ。ぼくに向かって突進してくる。

とっさに身がまえた。でもぶつかってこない。

どうしたんだ？　と思ったとき、腕時計がグイグイ引っぱられた。

「ダメだよ！　強く引っぱったらバンドが！」

プチン……。切れた。

「ピヨピヨ！」

ヒヨ子は腕時計を持って、廊下に飛び出した。

「待て！」

廊下に出ると、階段を飛ぶようにあがっていくヒヨ子が見えた。

182

ぼくも階段をあがる。だけど全然追いつけない。

２階、３階……、ついに４階まできた。もう上はない。

暗い廊下にヒヨ子のうしろ姿が見えた。右に左に飛びはねながら、走っていく。

「ヒヨ子！」

叫ぶとヒヨ子は教室に入った。

あとを追って中へ入ると、空き教室だ。机もイスもなく、ガランとした床に月の明かりが反射してる。

「楽しいね、追っかけっこ！」

ヒヨ子は教室の端にいて、カラカラと窓を開けた。

「もう逃げられないぞ！」

ぼくはヒヨ子目がけて走った。

ヒヨ子はヒョイとはねあがり、窓わくをつかんで身を乗り出した。

---

13. 本の秘密

もうダメだ！　全身に力を入れた。

でも……、いつまでたっても地面にぶつからない。楽しそうな、お母さんと子どもの笑い声が聞こえる。

ゆっくり顔をあげた。紅葉した木々が見えた。公園だ。帰ってこられたんだ。

暑くもないのに、汗がドバドバ吹き出した。おでこをぬぐって気がついた。ない、腕時計がない！

ポケットを探った。カバンも開けてみる。だけどない。もしかして、暗闇の世界でヒヨ子にとられたから……。

公園から楽しげな声が聞こえてくる。お母さんと子どもの、幸せそうな笑い声。

くやしい。でも、なにがくやしいのかわからない。本

窓ぎわまで走って。「ピヨピヨ！」

楽しそうな声をあげ、ヒヨ子がくるりとかわした。

えっ！

ぼくは勢いよく窓の外に飛び出していた。

一瞬、体が浮いてるような気がした。でも——

重力につかまれた。すごい力で引っぱられる。

地面に向かって落ちていく。

必死にもがくけど、なにもつかめない。手ごたえのない空気をかき集めるだけで、ドンドン下に落ちていく。

風が顔にあたり、空気を切り裂くゴゴゴ……という音だけが聞こえる。

ダメだ！　落ちる！

もがく手がうしろポケットをかすめた。

をカバンに投げ入れた。もうこれは使わないんだ。だって暗闇の世界は救えない。椎奈を外に出せないし、腕時計もなくなってしまった。

トボトボと、公園の中を歩いて帰る。ぼくには関係ないんだ。椎奈が本に書いた、架空の世界の登場人物なんだ。どうなろうと、本を読む人には責任なんかない。そんな真剣に、ありもしない世界や、ホントは生きてない人のことを考える方がどうかしてるんだ。

でも、純の顔がよみがえる。左千夫も律子先生も椎奈の姿も、暗闇の世界がありありと目に浮かぶ。ぼくはたしかに、あの世界を歩いた。音を聞いて、いろんなものを見た。

違う、違うんだ。あれはぼくには関係ない、別の世界の話だ。

こんなに早く帰ってきたのは初めてだった。部屋に入

本を回して、上の段の、縦書きの文章を読もう

世界が回った。

あと1メートル！　本を開いてひっくり返す。

あと2メートル！　地面が迫る。

あと3メートル！　本をひきぬいた。

まるで竜巻の中だ。体がぐるぐる回る！

ると、午前中の日差しが窓から入りこんでいる。

イスに座り、机に足を投げ出した。机のすみに接着剤が転がってる。昨日、腕時計を直したときのままだ。でも、もう腕時計はない。

お父さんからもらった大切な腕時計……。なくしたら、お父さんに会えないような気がする。がまんしてたのに、ボロボロ涙がこぼれ落ちた。お父さんが出ていって、ずっとさびしかったんだ。腕時計を見たら落ちつけたのに。大丈夫だったのに。

ぼくは本当に、一人とり残されてしまった……。

涙をぬぐって、立ちあがった。リモコンを押すと、テレビがついて、ワアワアと声が飛び出した。こんなに悲しいのに、テレビの中はにぎやかだ。

しばらくテレビを見ていると、ドアが開いた音がした。

玄関に、お母さんが立っていた。部屋に入ってくると、リモコンを押してテレビを消した。

お母さんは怒ってるというよりも、悲しんでるみたいだった。ぼくが学校にきてないって連絡があって、仕事を早退して帰ってきたらしい。

お母さんは学校をサボった理由を聞いてきた。だけどぼくは本当のことが言えない。そもそも、本当のことってなんだろう？　暗闇の世界で起こったことは、本当のことって言えるの？

ぼくが行ったのは本の中だ。物語で起こった出来事を、本当のことって言っていいの？　それをお母さんに説明して、わかってくれるの？

だからぼくは、テレビが見たくてサボったと言った。お母さんは疑ってるみたいで、学校でいじめられてるんじゃないの？　と聞いてきた。

違うよ、お母さん。いじめられてるのはぼくじゃない。ひどいことをされてる同級生がいるんだ。いつも教室で泣いてる子がいるんだ。もし本当のことがあるとしたら、お母さん、そっちの方が本当なんだ。

でも、ぼくはそのことを言えなかった。

お母さんはそのあともずっと家にいて、夜はピザの出前をとった。久しぶりに二人で食べるご飯なのに、会話もなく、暗い雰囲気で、ぼくはとても悲しかった。

*

朝起きると、お母さんは縫いものをしていた。ぼくの灰色のパーカーだ。クスクスに切られた袖を、チクチク縫っている。

直してもらったパーカーを着て、外に出た。でも、ちゃんと学校に行くのか確認するために、お母さんもついてくる。

二人で歩いてると、みんなに笑われてる気がした。お母さんと一緒だなんてはずかしい。ぼくは校門の前で走りだした。

うしろからお母さんの声がした。

「今日は早く帰るから」

どうしてそんなこと言うの？　ふり返ると、お母さんのうしろ姿が見えた。坂をくだって、遠ざかっていく。

教室に入ると、笑い声が聞こえた。昨日サボったぼくを、だれかが笑ってる。

「クスクス、クスクス……」

ぼくは顔を伏せたまま、席に座る。

昼休み、本を持って教室を飛び出した。

ぼくは決めていた。律子先生に、本を持ち出したことを謝ろう。この本を返して、もう二度とふれないようにしよう。暗闇の世界から逃げて、忘れてしまおう。

図書室のドアは開いていた。律子先生がカウンターに座って、下を向いている。

「り、律子先生……」

189

本をカウンターに置いた。声が震える。

「こ、この本、ぼく、勝手に持ち出して……ごめんなさい。か、返しにきました」

先生の顔色が急に変わった。

「これ、どうしたの？」

「すみません」

「ちがうの！　どうしたのって聞いてるの」

「じ、辞典の箱に入ってたんです」

「広田、椎奈……」

先生の声は震えている。

「読んだの？」

「えっと、読んだんだけど……最初は読もうとして、ひっくり返したら……」

律子先生を見た。きっと先生なら、ぼくの言うことを信じてくれる。

「先生、この本をひっくり返したら、ぼく、暗闇の世界に行ったんです。そこでいろんなことがあって……ぼく、広田椎奈の家に行ったんです」

「え!?」

「でも、椎奈は寝たままで、動かなくて……」

「ええ」

先生は、知ってるという顔だ。だってそうだ、

「先生は椎奈の担任だったんですよね？」

「……」

「あの、椎奈はどうして家にこもったんですか？」

自分でも、言っててておかしいと思った。だって家にこもったのは暗闇の世界の椎奈だ。いや、でも現実世界の椎奈も寝ていたんだ。部屋の中は暗く、時間が止まったようだった。

「椎奈さんは……いじめられてたの……」

体にビリビリと電気が走った。またいじめだ。

「どうして！」

「それは……このせいで」

先生はカウンターの本を、広田椎奈を見るような目で見つめた。

「椎奈さん……この本、最初は、隠れて書いてたの。でも休み時間にも教室で書いてたから、みんな気づいて……。自分たちのことが書いてあるってわかって、読みたがったんだけど、椎奈さんは絶対に……読ませなかった」

先生は、途切れ途切れに、ゆっくりしゃべる。

「そうしたら、みんな、自分たちのことを書いてるって、椎奈さんのことを気味悪がって、だんだんさけるようになって。そのうち、いたずらしたり、いやがらせしたり……。それでも、椎奈さんは、だれにも読ませなかったんだけど」

先生が言葉につまった。つづきを言えないみたいだ。

「そのあと、どうしたんですか？　なにがあったんです

192

か？」

　先生が、重い口を、ようやく開いた。

「この本……最後、破れてるでしょ」

そうだ、何ページか破れてたんだ。

　カウンターの上にある本をひっくり返した。まるで陸地と海の境目みたいに、斜めにギザギザの形に破れてる。

あれ？　この形、どっかで見た……。

「クラスの子が……読ませろって、椎奈さんから本を奪って……そのあと」

　頭の中で、いじめっ子の顔が浮かんだ。小林君をいじめる桐山エリ子の顔だ。

「桐山……」

「そう、桐山コウジ」

　グズグズだ！　兄の方だ。三年前、グズグズも椎奈と同じクラスだったんだ。

「じゃあ、桐山コウジが読ませろって本を引っぱって、それで破れたんだ！」

「わたしは謝ったんだけど……椎奈さん……図書室に逃げてしまって……」

　おんなじだ。暗闇の世界でも、椎奈は顔が真っ青になって図書室に行ったんだ。ってことは、こっちの世界の椎奈と暗闇の世界の椎奈は、つながってるってこと？

「それで、どうなったの？」

「そのまま、帰って……学校にこなくなって、家にこもったまま……」

　椎奈は、破れた本を持って図書室に逃げ、辞典の箱に隠した。それをぼくが見つけた。でも、椎奈はどうして本を隠したんだろう？

「全部、わたしのせい……ずっと寝たままで、もうなにも、しゃべってくれない……」

　律子先生はガクリとうなだれた。体の中に、力が残ってないみたいだった。

　そうか、グズグズが本を破ったから、椎奈は家にこもったんだ。

「焼却場で燃やすぞ！」っていうグズグズの言葉を思い出した。いじめるときによく使う。もしかしたらグズグズは、椎奈にも言ってたのかもしれない。暗闇の世界のグズグズの城は、なぜか焼却場の場所にある。椎奈は本を書いたとき、グズグズといえば焼却場だと思って、その場所にしたのかもしれない。

　グズグズの城？　なにかひらめきそうだ。でも、なかなかひらめかない。つきそうでつかない電気のヒモを、何度もカチカチ引っぱってる感じだ。もうじれったい！

　カウンターの上の本を見た。裏側がギザギザに破れてる。この形、やっぱり見たぞ。ギザギザ……グズグズの城……。

　世界の果てだ！　教室から見たとき、陸地と海の境目みたいにギザギザだったんだ。破れた本と、世界の果てが同じ形って、偶然なの？

そうだ、それに、暗闇の世界の椎奈は体がギザギザに切れていた。たしか言ってたぞ「なお、して！」「やぶれ、た、の……」って。

もしかして、破れた本を直してほしいってこと？　本を直したら、いったい、どうなるの？

やってみるしかない。破れたページを見つけだして、本の最後にくっつけるんだ。直せばなにか、おこるかもしれない。

でも、三年前に破られた本のページを、どうやって手に入れよう？　今もグズグズが持ってるわけない。どうしたんだろう？　きっと捨てたはずだ。どこに？　たぶん教室のゴミ箱だ。だけど三年前になんか、とりに行けない。そんな、タイムスリップみたいなこと……。

いや、ぼくは行ける。暗闇の世界は、三年前で時間が止まってる。だから本の中はまだ三年前のはずだ。教室

---

14. 3年前の世界

暗闇の世界にもどってきた。6年3組に行って、ゴミ箱を探そう。もしも純たちに会ったら、そのときは……どうしよう……。

暗い本棚をぬけて広場に出たとき、図書室の外から、重い地響きのような音がした。

あの音は聞き覚えがあるぞ、玄関の扉が開いた音だ。

すぐに図書室を飛び出した。廊下の奥の暗がりに、白い巨体が見えた。

クスクスだ。廊下を横切り、のそのそと階段をあがっていく。まるで、獲物を狙ってるみたい……。

に行って、ゴミ箱を探そう。

雲のあいだから日が差すみたいに、明るい希望がわいてきた。ぼくは本を手にとった。律子先生は下を向いたまま、うなだれてる。

広場をぬけて、図書室の奥へ行く。本を開いて、じっと見た。純と左千夫に会ったらどうしよう。ぼくのことを許してくれるだろうか。

行くしない。立ち止まってなんか、いられない。

新しくわかった本の秘密だけ持って、ぼくは本をひっくり返した。世界が回った。

本を回して、下の段の、横書きの文章を読もう

197

獲物……純だ！　２階の教室にいる純を、生け贄に連れていこうとしてるんだ。

まずいぞ。ぼくは廊下を走り、クスクスを追った。でも、廊下を半分以上走って気がついた。わざわざ玄関側の階段からあがることはないんだ。図書室側の階段からあがれば、３組はすぐ目の前だったのに。

バカ！　どうしてぼくはバカなんだ。今からもどっても、間にあわないぞ。

結局、玄関の前まで走ってきた。クスクスは純を捕まえたら、どこから外に出るんだろう？　教室の窓から？　クスクスは自分から窓を開けない。ってことは、玄関から出ていくかも。

ここで待ちぶせした方がいい。だけどぼくには腕時計がない。ど、どうやって純を助ければいいの？

玄関に入って中を見わたした。使えそうな武器なんてない。外に通じるガラス扉が開いてるから、やっぱりここから入ってきたんだ。

「きゃあああ！」

純の声だ。上の階から物音が聞こえ、廊下を走る足音が、階段に近づいてくる。

クスクスがくる！　早く、早くなにか考えないと！

あたふたしながら玄関の扉を見た。この前クスクスを入れないために、ぼくが左を、律子先生が右の扉を閉めた。そのときのドスンって衝撃はすごくて、まるで押しつぶすような感触だった。押しつぶす……。

そうだ、玄関の扉にクスクスを挟んで、押しつぶせれば。

階段からドスドスと聞こえた。

クスクスだ！　右腕に抱えられてるのは純だ。ぐったりして動かない。

ぼくは扉に走って、右側を閉じて、カギを閉めた。

クスクスは、小さな枕みたいに純を抱え、階段をおりてくる。

ぼくは左に駆けより、重い扉に手をかけた。

く、くる……。

クスクスが玄関に入ってきた。突進してくる。足音で学校がゆれる。ぼくの前を、通過した。

今だ！　力いっぱい扉を閉める。

ドン！　クスクスの頭にぶつかった。

扉がはね返ってきて、ぼくは吹っ飛ばされた。

「いてて……」

起きあがると、扉に首を挟まれて、クスクスが倒れてる。

やった！　でもクスクスは、純を抱えたままだ。

「は、放せ！」クスクスの右腕(みぎうで)をつかんだ。

うわっ……。クスクスの体は冷(つめ)たくて気持ちが悪い。死体のような感触(かんしょく)だ。

「純を返せ！」

それでもぼくは、腕(うで)を持ちあげようとすけど、ツルツルして力が入らない。

そのとき、ポカ、っとぼくの頭にあたった。見ると野球ボールが床(ゆか)ではねてる。

「純！」

左千夫の声がした。こっちに走ってくる。クスクスに投げたのにぼくにあてるなんて、なんてノーコンだ。

「シン、ちゃんと持ちあげろ！」

そう言って左千夫もクスクスの腕(うで)をつかんだけど「うえっ」と手

200

を離した。

「気持ち悪いよね」

「うるせー、そっち持てよ！」

ぼくと左千夫は一緒に腕をつかんで「せーの！」と持ちあげると、すきまができた。

「左千夫、純を引っぱって！」

「よし！」

左千夫が手を離すといっそう重みがのしかかった。ぼくは目をつぶり、歯を食いしばって耐える。

「出たぞ！」

左千夫の声がした。見ると、純が床に倒れてる。

腕を離してそばに行く。

「純！」

純の頭が小さく動いた。顔にかかった黒髪が、ハラリと落ちた。

「純!!」２人で叫ぶ。

純の目が、ゆっくり開いた。

「シン……左千夫……助けてくれたの？」

うれしくて涙が出そうになる。横を見ると左千夫もウルウルしてて、顔を見あわせるとはずかしく、すぐにおたがい、まじめな顔のフリをした。

純は、どこもケガがないみたいだ。立ちあがると元気で、ピンピンしてる。

そのとき、足もとでガタッと音がした。見るとクスクスがピクピク動いてる。

「クスクスって死なないの？」

「光が弱点だから、光をあてないとダメかも」

202

「シン、腕時計の光でやっつけろよ」

　ぼくは、気まずく左腕を見せた。

「ダメなんだ。腕時計……ヒヨ子にとられたんだ」

「バカ！　おまえ、なんでだよ！」

「アメ玉あげたら返してくれるかも」純が言った。「ヒヨ子はアメ好きって有名だし」

　クスクスがまたビクンと動いた。このまま放っておいたら、そのうち起きあがりそうだ。

「外に出そう」

　ぼくの提案に、純がすばやく扉を開けた。左千夫と一緒に、クスクスの腕をつかむ。ヒヤッとして嫌な感触だ。

「せーの！」

　がまんして、引きずる。お相撲さんみたいな重さだ。

なんとか外に出すと、あたりは暗く、静かだ。

まるで死者の国に足を踏み入れたような気がして、急に不安になった。

「早くもどろうぜ！」

左千夫はもう玄関の中にもどっている。ぼくもあとを追って校舎に入ると、自動ドアみたいに、背後で純が扉を閉めた。

ふーっと３人一緒に息を吐いた。それをおたがいに見あって、笑った。嫌なことや悲しいことがあったけど、ぼくたちはまた、チームにもどれたような気がした。

「ねえ、これ見て」

ぼくはポケットから本を出し、裏側を見せた。

「破れてる、ね」純が不思議そうな顔をした。

「そうなんだ。このギザギザの破れ方、どこかで見たことない？」

204

２人はポカンとしてる。

「ほら、世界の果て！」

「あ、そうだ、ギザギザだね！　そっくり！」

「それにね、こっちの世界の椎奈は寝たきりで、体がこんな風にギザギザに切れてたんだ。で、ぼくに言ったんだよ『やぶれたの』『なおして』って」

「おいシン、それってどういう意味だよ」

「ぼくにもわからないけど、破れた部分をみつけて、本を直したら、こっちの世界でなにか起こるかもしれない」

「なるほどー」純は納得してるけど、左千夫はわかんないみたいで、首をかしげてる。

「待てよ、オレにはわかんねーよ。どうして本を直したらなにか起こるんだよ」

205

「だ、だって左千夫、この本は特別なんだよ。その破れた形と、世界の果てが同じ形だなんて、偶然とは思えないだろ？」

「その本はこっちの世界にくるための道具だろ、この世界と関係あるのかよ。なあ純！」

　純もだんだん、不安そうな顔になっていく。まずい、どうしよう。

　ぼくは純を見た。純もぼくの顔を見つめる。やっぱり、本当のことを言うべきなんだ。

「関係あるんだ。この世界は……暗闇の世界は、本の中なんだ」

　ぼくの声が聞こえなかったみたいに、２人はキョトンとした。

「椎奈が作者なんだ。本の中に、この世界のことを書いたんだ。だからぼくは、本をひっくり返して、本の中に入ってるんだ」

　２人はまだ、理解できてないみたいだ。

「椎奈は、現実に似た世界を本に書いたんだ。こっちの世界は全部、椎奈の書いた物語なんだ」

「ぜん、ぶ？」純がようやく、言葉をしゃべった。ぼくの言ってることを、なんとか理解しようとしてる。

「うん。世界も、場所も、人間も。６年３組もみんな、現実の世界と同じ人を書いたんだ。だけどクラスでそれを知られて、椎奈はいじめられて……。グズグズと本の引っぱりあいになって、本が破れたんだ」

「グズグズと？」

「えっと、グズグズっていうのはあだ名で、現実の世界では桐山コウジって言って……あっ、たしか６年３組のはずだよ」

「そんなやついねーぞ」

　そうか。こっちの世界のグズグズは城に住んでるから、３組にはいないんだ。

「と、とにかくこの世界は椎奈が書いたんだよ。それは本当なんだ」

「じゃあ、わたしたちは本の登場人物なの？」

　純の言葉にドキッとした。そこがいちばん言いにくいことなんだ。

「そうだと、思う。純も左千夫も、本の中の、登場人物なんだ。ごめん……」

「どうして謝るの？」

「だって、ショックじゃないの？」

「どうして？」

「どうしてって……」どうしてだろう？　わからなくなったぼくに、純が笑顔を向けた。

「わたし、本を読むときはいつも、登場人物は生きてるって思って読んでるよ。本の中で泣いたり笑ったりして、一生懸命生きてる

208

じゃない。だからわたし、本が好きなの。ねえ、わたしはちゃんとこうやって、いるでしょ。別におかしいことなんてないよ」

「う、うん」

「わたしはこの世界に存在してる。シンだってシンの世界にいるわけでしょ。こっちの世界となにか違いがあるの？」

「オレだってそうだぜ！　じゃあオレは生きてないって言うのかよ！」

　純や左千夫の言うとおりだ。別に、暗闇の世界が物語だからって、ぼくの世界より劣ってることはない。どっちの世界もちゃんと存在していて、みんな生きてるんだ。

「そうだね、おんなじだね。ハハッ！」

　ぼくは笑った。純も左千夫も笑ってる。そういえば、律子先生も似たようなことを言っていた。「本の中では、みんな、生きてる

209

の」って。

「でもよ、本の破れた部分はどこにあるんだ？」左千夫が言った。

「そうなんだ。破られたのは３年前だから、たぶん、ぼくの世界にはもうないと思うんだ。でもこっちはまだ３年前だから、残ってると思ってさ。きっと６年３組のゴミ箱に――」

「シン、本は破られてないよ」

「えっ？」

「そもそも椎奈は、本を書いてないと思う」

「そうだな、オレも見たことねーぞ」

「あの日、椎奈は真っ青になって早退したけど、本が破られたわけじゃないし……」

「そんなあ」ガックリだ。暗闇の世界は、現実の世界と違うところもあるんだ。「じゃあ破れたページなんてないってこと？」

「うん……。でもシンの世界では、３年前に本が破られたのはホントのことなんだから」純がなぐさめるように言ってくれる。
「でもよ、３年前の３組のヤツらは見てたってことだろ」
　左千夫の言うとおりだ。たしかに３年前の３組なら、なにか知ってるかもしれない。
　ぼくは想像した。今は中学生で、15歳になってる、もと６年３組の生徒……。
「でも３年前のことだし、おぼえてるかなあ？　それに『なんで破れたページを探してるんだ』って言われたら、どうしよう？」
「説明したらいいだろ」
「でも、暗闇の世界のことを説明しても、信じてくれる人なんていないよ」
「大丈夫！」純がニヤリと笑う。「わたしなら、シンのこと信じて

15．三年後の世界

明るい図書室にもどってきた。すぐに純と左千夫に会いに行きたい。でもまだ昼休みだ。昨日学校をサボったぼくが、今日も学校をぬけ出すなんて無理だ。

それに、純たちは中学生で、まだ学校にいるはずだ。放課後、学校が終わってから会いに行くしかない。

すぐにでも動きだしたい気持ちをおさえつつ、じっと図書室で待っていると、急に予鈴が鳴りはじめた。腕時計がないから、十秒前にアラームが鳴らないんだ。

ぼくはカウンターの前を通って図書室を出た。律子先生は黙って下を向いていた。

授業がはじまると、いつもより時間がたつのが遅く

212

あげるから」

そうだ、きっと純なら、３年後だってわかってくれるはずだ。

「うん、純なら大丈夫だね。左千夫は信じないと思うけど」

「なんでだよ！　オレだって信じるよ！」

ぼくたちはまた笑いあった。そうだ、この２人ならきっと信じてくれるはずだ。

ぼくは、ポケットから本を出した。

「シンがそっちの世界に行ってるあいだに、わたしたちはヒヨ子を探して、腕時計を返してもらうからね」

「アメ玉で釣ってな！」

「ありがとう」

心強い仲間だ。３人でなら、グズグズを倒して光をとりもどせそうな気がする。

感じた。田中先生の言葉が、まるで頭に入ってこない。同じことを何度もくり返ししゃべってるように聞こえる。
　ぼくの頭の中は、暗闇の世界のことでいっぱいだ。現実の世界の方が、物語の世界のように遠く感じる。
　ぼくだけが暗闇の世界のことを知っている。今、大変なんだ。純が生け贄になるかもしれない。救えるのはぼくだけなんだ。

　帰りの学活が終わると、ぼくはロケット花火みたいに教室を飛び出した。きっとみんな、おかしく思っただろう。でもかまわない。ぼくにはやることがあるんだ。
　坂を駆けおりていくと、肩かけカバンが腰にパンパンあたる。まるで競馬の馬みたいだ。ムチを打たれて走る速度がグングンあがっていく。
　商店街に入ると、人がたくさんいて、にぎわいがあった。三知書店は商店街の真ん中にあって、シャッ

本を回して、上の段の、縦書きの文章を読もう

　純と左千夫が見つめてる。
「行ってくるね」
「うん」「ああ」
　本をひっくり返すと、世界が回った。

ターが開いてる。

ドキドキしながら前を通る。純はいるかな？　いなかったら、どうしよう？　いても、どうしよう？

歩きながら中をのぞきこむ。店の中にはお客が一人いる。女の子が立ち読みをしてる。

そのまま通りすぎてしまった。引き返してまた中を見る。奥にレジカウンターがあって、店員がいる。もっとじっくり見たいんだけど、歩きながらでよく見えない。そうしたらまた通りすぎてしまった。

ああもう！　なんでぼくはウロウロしてるんだ。変な子だと思われるぞ。

しかたない……。ぼくは勇気を出して書店に入った。入れ違いで、立ち読みをしてた女の子が出ていった。

店内は、天井まで届きそうな棚がいくつもならんでいる。棚には本がぎっしりつまって、まるで本でできた建物だ。純がオススメの本を考えとくって言ってたけど、これだけあれば、きっといい本があるに違いない。

圧倒されながら店の通路を歩いていくと、つきあたりのレジカウンターに、お店の人が座ってるのが見えた。

一歩、二歩、近づいてく。エプロンをした女の人だ。横を向いて、静かに本を読んでいる。長い黒髪で隠されて、顔がよく見えない。

女の人が、ぼくを見た。長い髪がなめらかにゆれて、顔が見えた。ドキッとした。ぼくはあの目を知っている。気が強そうに見えて、たまに涙を流す、あの目。

なにも言えずにいると、その人が立ちあがった。スラッとして、背が高い。細く長い指で、読んでた文庫をレジカウンターに置いた。

「あの……」

言いかけたとき、うしろからグイッとパーカーのフードが持ちあげられた。

「こいつ、店の外からずっと見てたぞ。きっと万引きだぜ！」

うしろから太い声がする。

「な、なに？」

ぼくはつり上げられて、つま先立ちになった。

「ちょっと、なにしてんの！」

女の人がレジカウンターから出てくる。あのしゃべり方、やっぱりそっくりだ。

「純？」

ぼくは思わず口に出した。

「え!?　わたしの名前、なんで知ってるの？」

「こいつストーカーだな。チビのくせに生意気だぞ」

「ストーカーは自分でしょ！」

そう言って、ぼくのうしろにいるだれかをポカリとたたいた。

「毎日きて迷惑(めいわく)だから、なんか買ってとっとと帰って」

やっぱり純だ。三年たってこんなに大きくなってる。

じゃあ、うしろでフードをつかんでる男はもしかして……。

　ふり返ると、中学の制服を着た大きな体と、スポーツ刈りの頭が見えた。

「左千夫？」

「はっ？　おまえ、オレも知ってんのか？」

　やっぱりそうだ。大人っぽい声に変わってるから、わからなかった。肩からさげたバッグに、野球のグローブがかかってるから、野球はまだつづけてるんだ。

「あの、ぼく、三年前の世界からきたんだ」

「は？」

　純と左千夫は息ピッタリで同じ反応をした。

「えーと、三年前っていうのは、三年前のことが本の中にあって、そこからきたっていう意味なんだけど、あ、でもいつもはこっちの世界にいるんだけど……」

「純、こいつはストーカーじゃなく、単なるアホだ」

信じてくれない。うまく説明できないから、言いたいことが伝わらない。どうしよう。

「ねえキミ、落ちついて説明して」

純が、お姉さんのようにやさしく言った。暗闇の世界のキャッキャしてる純とは別人みたいだ。

「ゆっくり言って。キミは、どこからきたの？」

「ぼ、ぼくはもともと、こっちの世界にいたんです」

「じゃあ、三年前の世界ってなに？」

「それは本の中にあるんです。本の中に三年前の世界があって、そこには太陽がなくて、暗闇の世界なんです」

「そういう本を読みたいってことか？　探してやれよ」

左千夫がチャチャを入れてくる。純はやさしくなったけど、左千夫の性格は全然変わってないな。

「気にしなくていいからね。で、キミは暗闇の世界に行ったのね」

「そ、そうなんです！　それで、暗闇の世界を……」

「なに？」

「救いたいんです！」

時間が止まったみたいに、みんな動かない。すると、大きく息を吸う音が聞こえて——

「ガハハハハ！」

カバのうがいみたいな声で左千夫が笑った。お腹を押さえてる。

「純、そういう本、探してやれよ！」

まだ言ってる。笑われて、ぼくの目に涙がたまっていく。左千夫のくせに、バカにして……。

フードを左千夫の手から引きはがし、殴りかかろうとしたとき、パン！　と音がした。純が左千夫の顔をたたいてた。

「左千夫はだまれ！」

言われて左千夫はシュンとした。

「ゴメンね、このお兄さんバカなの」

純がぼくの頭をなでると、やさしい指の感触がした。

なんだかはずかしい。

「暗闇の世界を救いたいのはわかったけど……」

「そのためには純と左千夫の助けが必要なんだ！」

「左千夫って呼び捨てかよ！」

「あのね、暗闇の世界は三年前で時間が止まってて、そこには純や左千夫もいるんだ」

「わたしたち？」

「まだ六年生だけど、一緒に暗闇の世界をもとにもどそうとしてるんだ。だけど、暗闇の世界だけじゃダメで、こっちの世界の純と左千夫の協力も必要なんだ」

「そんな話、だれが信じるんだよ」

「言ったんだよ！『三年後のわたしたちなら信じる』って、純も左千夫も言ったんだよ！」

「わたしたちが？」

純がじっと下を見つめた。信じてもらえなかったらお

暗闇の世界にきたとたん、ぼくはなにかに包まれてる。

「な、なに！」

床に倒れて、クモの巣をはらうようにバタバタ手を動かす。違う、これはクモの巣じゃない、緑色の網だ。

網をかきわけて外に出ようとするけど、逆にドンドンせまくなっていく。それに、網の中には小さく丸いものがたくさん落ちてて、パチパチ顔にあたってくる。

「なんだよこれ」

「あ？　なんでシンが入ってるんだ？」声がした。見ると、うす暗い中に左千夫がいる。

しまいだ。三年前の本の断片なんて、見つけられない。

「証拠を見せろよ」左千夫が言った。「暗闇の世界ってやつが本の中にあるんだろ。そこに行けるっていうんなら、証拠を見せろよな」

左千夫は意外と話を聞いてたみたいだ。

「証拠ね……」

ポケットから本を出した。

目の前で、暗闇の世界に行ってもどってきたら、信じてくれるはずだ。

「見てて」

本をひっくり返すと、世界が回った。

本を回して、下の段の、横書きの文章を読もう

「もー！　なにしてるのよー」純もいる。小さい純で、３年後とは違う姿だ。

「なんでこんなことするんだよ！」

「ごめんね。シンがいないあいだにヒヨ子を捕まえて、腕時計をとり返すって言ったじゃない」

「アメ玉でおびきよせて捕まえるって作戦なんだぜ。ここでワナを作ってたんだけど、勝手に別の生きものが引っかかったな」

左千夫はヘラヘラ笑ってる。３年後より背はだいぶ小さいけど、態度は同じだ。

「早くシンを出しなよ！」

「ずっとこの中に入れとこーぜ」

「バカ！」

ポカリと純がたたくと、左千夫はしぶしぶ網の根元をゆるめた。

221

ふぅーっ。ぼくはやっと網から出られた。水中からようやく顔を出した気分だ。

三知書店のレジ前は、閉めきった倉庫のように暗くて、半分だけ開いたシャッターから、ようやくわずかな光が入ってくる。

その光に照らされて、足もとで丸いものが光った。アメ玉だ。これを網の中に入れて、ヒヨ子をおびきよせるつもりなんだ。

「ねえシン！　３年後のわたしたちに会えた？」

「うん、会ったよ」

「ホントー！　どうだった？　わたし、かわいかった？」

「それが気になるの？」

「だって15歳のわたしよー、どういうかわいさだった？」

「どういうって……ちゃんと大きくなって、スラッとしてたよ」

「ホント！　やせてた？」

222

「うん、スラッとしてた」

「きゃー！」うれしさで純が飛びはねる。すごくキレイになってたとは、はずかしくて言えない。

「オレはどうだった？　でっかくなってただろ？」

「態度もね」

「なんだとー」

「あ、でもね、２人とも、こっちの世界のことを信じないんだ」

「どうして？　今のわたしたちは信じられるのに、３年後は信じられなくなるの？」

「純はまだ考え中みたいだけど、左千夫は全然ダメ」

「なんだとー！」

「自分に言えよ」

「そうだな……」

223

「だから、本をひっくり返してこっちの世界にきたんだ。１回消えて、急に向こうの世界に現(あらわ)れようと思ってさ！」
「なるほど！」
「ケッ！　そんな子どもだましでオレが驚(おどろ)くわけねーだろ」
「わたしは左千夫がいちばん驚(おどろ)くと思うな」
「そんなわけ……おいシン、オレと純は、３年後どうなってた？」
「だからさっき言ったとおりだよ」
「そうじゃなくて、そういうのじゃなくて……だから、な？」
「なに言ってるかわからないよ。それにぼくもう、もどるから」
「オイ！」
　左千夫を無視(むし)して本を開いたとき、外から足音が聞こえた。
「だれかくるよ」
「だれ？」純がおびえる子猫みたいに気配(けはい)をうかがった。左千夫が網を持って、書店の通路を走った。

ぼくと純も、シャッターへ急ぐ。左千夫はシャッターの陰に隠れて、待ちぶせた。

足音が近づいてくる。でも、ヒヨ子にしては落ちついた足どりだ。

足音が店の前で止まった。シャッターの下から足が見える。低いヒールの靴。たぶんあの靴は——

「左千夫違う！」

遅かった。左千夫は、中に入ってきた律子先生に網を投げ、巨大なクラゲみたいに広がった網が先生を捕まえた。

「やったぞ！　2匹目だ！」

「ちょっとなに一!?」

網の中で先生がもがいてる。

「左千夫、早く出して！　律子先生だよ！」

225

16．意外な真相

目の前に中学生の純と左千夫がいる。きっと驚いてるはずだ。

「ね！　すごいでしょ！」

「は？　おまえ、本を回しただけだろ」

「違うよ、暗闇の世界に行って、もどってきたんだよ」

あ、そうじゃない。ぼくが暗闇の世界にいるあいだ、こっちでは時間がたたないんだ。だから左千夫には、本を回しただけにしか見えないんだ。

「おい純、こんなヤツほっとこーぜ」

「ホントなんだよ、この本で暗闇の世界に行ってきたんだよ」

顔をあげた純に、本を差し出した。

「ねえ純、純なら信じてくれるよね？」
「それ、その本……」
純が指をさす。左千夫ものぞきこんでくる。
『ぐるりと　広田椎奈』と表紙に書いてある。
「これ、椎奈が書いた本なの？」
「そう、これを回したら、椎奈の書いた世界に行けるんだ。でもね、見て、破れてるんだ。おぼえてる？」
ギザギザの破れた痕を見せると、純はとまどいながらうなずいた。
「純、これって三年前に、六年三組の教室で破られたんだよね？　椎奈はそれがショックで学校にこなくなったんだよね？」
「そう」
「そのとき教室にいた？」
「ええ……」
「じゃあ見てるよね！　破れた部分ってどこにあるの？

本を回して、上の段の、縦書きの文章を読もう

「3年後にオレたちがどうなってるか、ちゃんと見てこいよ」
「なんのこと？　ハッキリ言ってよ」
「シン、左千夫、なに話してるの？」
「な、なんでもねーよ！」
純に気づかれると、左千夫はあわてて書店を出ていった。
「変な左千夫……」
「じゃあぼくも現実の世界にもどるよ」
「がんばって！」
純と律子先生が見送ってくれる。先生が一緒にいてくれたら、左千夫よりも頼もしい。本をひっくり返すと、世界が回った。

グズグズに破られたあと、どこに行ったの？」
「わからないよ。あのあと椎奈は教室を出て、わたしもあとを追いかけたから……」
「左千夫は見てないの？」
「オ、オレだって知らないぜ」
「でも、でも、たしかに見てたんだよね？　グズグズが本を引っぱって、本の最後が破れたところを。ねえ思い出して、なにか見てるはずだよ！」
「あのね、キミ」純がぼくをさえぎった。「さっきからグズグズが破ったって言ってるけど、違うんだよ」
「え？」
「本を破ったの、律子先生だよ」
ぼくは口を開けたまま、ポカンと純を見つめた。どういうこと？
「たしかにグズグズは椎奈のことをいじめてた。あの日も子分と一緒になって、椎奈の本を奪ったの。そこに律子先生がきて、グズグズから本をとりあげて、先生がそれを読んで――」

「いや、そうじゃない」左千夫が言った。「グズグズが先生に言ったんだぜ。この本に三組のことが書いてあるから読んでみろって。それで先生が本を読んで、没収しようとしたんだ」

「そうだ、そうだった……」

「椎奈は本をとり返そうとして、先生と引っぱりあいになったんだ。それで、本が破れてよ。椎奈は床に倒れて、泣いたんだ」

それは三年前のことだ。ぼくがなにも知らずに勉強してる教室で、そんなことがあったんだ。あの床に、椎奈の涙が落ちたんだ。

どうして律子先生は、本が破れるまで引っぱりあいをしたんだろう。

ぼくが読んだ部分は、そこまで怒るような内容じゃなかった。たぶん、ぼくがまだ読んでいない部分になにか書いてあったんだ。だから先生は、それを没収しようとした。

「ねえ純、破れたページは今どこにあるの？　暗闇の世界で椎奈が言ったんだ『なお、して……』って。本を直したら、きっとなにか起こると思うんだ」

「でも、破れたのって三年前だし……。本は、椎奈が教室を出たときに持ってたと思うけど……」

「うん、本は図書室の辞典の箱に隠してあった。ぼくが見つけたんだよ」

「隠してあったの？」

「うん、たぶん」

「もしかしたら椎奈は、だれかに読んでもらいたかったのかも」

純が、大事なことを言うように、ゆっくり言った。

「だって、本を書いたら、だれかに読んでもらいたいでしょ？」

純が、世界全体を見わたすように、書店の中をぐるっと見まわした。ぼくも純の目線を追ってまわりをながめた。すると魔法にかかったように、それまで黙ってならんでいた本たちが、まるで読まれたくてウズウズしてるみたいに見えてきた。

ぐるっと店の中をながめて、最後にぼくは、手に持ってる椎奈の本を見つめた。椎奈は本を読んでもらいたかったんだ。最後の部分は破れてしまったけど、きっとだれかが読んでくれると思ってた。そのだれかが、ぼくだったんだ。

「きっとよー、破れたページは律子先生が持ってったんじゃねーか？」

「そうかもね。教室に置いてくわけないし」

左千夫の推理は信用できないけど、純が言うならそうかもしれない。先生が持っていったとして、そのあと、どうしたんだろう？

破れたページのゆくえを知っているのは、律子先生だけだ。先生に聞くしかない。放課後もまだ、図書室にいるはずだ。

「ありがとう！」

走りだそうとしたとき、思い出した。こっちの世界にくる前、左千夫がなにか言ってたぞ。

「あのね、純」

「なに？」

「暗闇の世界の左千夫がね、三年後、純と左千夫の関係がどうなってるか知りたいって言うんだ」

純の顔が夕陽みたいに真っ赤になった。

「バカやろう！　オレそんなこと言わねーぞ！」

「だってしつこく聞いてくるんだよ」

「左千夫！」

純は、レジカウンターにある文庫を投げようとしたけど、すぐに思いとどまって、そのかわりに左千夫を思いっきり蹴りあげた。

悲鳴を聞きながら、ぼくは店を走り出た。左千夫には、こういう関係だと伝えればいいんだな。

学校に向かって走った。坂をのぼっていくと、うしろで輝く太陽が、どんどん夕方の顔になっていく。うすいオレンジ色から、赤く、熟れた色に。

学校はまだ放課後のにぎわいがあったけど、図書室は静かすぎてゾッとした。生徒はだれもいないし、カウンターに律子先生の姿もない。

正直言うと、破れたページのことを聞くのは怖い。先生がどんな反応をするのかわからない。

よし、先生が帰ってくる前に探そう。いない今がチャンスだ。ぼくは近くの机にカバンを置いて、回りこんでカウンターの中に入った。

うす暗いカウンター内には、ものがほとんどない。

「図書だより」や古くなった本が入ってるだけで、ぼくの探しているものはない。

ここにないなら、早くカウンターから出ないといけない。だって先生がいつ帰ってくるかわからない。こんなところを見られたら大変だ。

カウンターから出ようと思って立ち止まった。ワゴンの下が異様に暗い。まるで暗闇の世界だ。この世界にも、光の届かない場所があるなんて。

引き返して、かがんだ。キャスターの高さだけ、ワゴンと床のあいだに空間がある。

床に顔をくっつけて、下をのぞきこんだ。なにも見えない。見えるとしたら闇だけだ。

キャスターのすきまに手を入れた。指の先に、カサリとなにかさわった。指で挟んで引っぱり出す。

ギザギザに切れた紙の束が出てきた。やった！　破れた本のページだ！　やっぱり律子先生が持ってたんだ。

234

ぼくは立ちあがって、さっそく破れたページを読みはじめた。

上の段の文章は、三組の日常が書いてある。これは今まで読んだ本の内容とおんなじだ。

あ、でも、椎奈が本を書いてる場面になった。これは今までにない展開だ。書いてることがみんなに知られたけど、異変はないようだ。上の段はふつうのクラスで、唯一グズグズが……つまり桐山コウジが乱暴なくらいだ。

次は下の段だ。破れたページでも、ひっくり返したら暗闇の世界に行ってしまうかもしれない。ぼくは頭をさかさまにして読んでいく。

上の段と同じように、椎奈は本を書いてることがクラスに知られた。するとクスクスに狙われはじめた。グズグズの生け贄にされるらしい。椎奈が怪物に狙われてるのに、クラスのみんなは助けようとしない。仲のいい子も、自分が狙われたくないから無視してる。律子先生まで、なにもしてくれない。いつもどおり授業をしてる。どうしてなの？　クスクスが椎奈に迫ってるのに。読んでいてもどかしい。椎奈を助けないと。なのにだれも助けない……。

そこで終わっていた。ここを書いてる途中に、椎奈はグズグズに本を奪われたってこと？

椎奈は下の段に、三組の本当の姿を書いた。いじめの対象になることを、グズグズの生け贄にされるっていうふうに置き換えて表現したんだ。

上の段ではわざと平和なクラスを書いて、下の段では真実の姿を書いた。外からだと三組は、上の段みたいに平和なクラスに見えたかもしれない。でも本当は違った。

ぼくは三年後の、今の三組を思い出した。小林君がいじめられてる。見えないように、隠れてこっそり。だから担任の田中先生も、止めることができない。

でも律子先生はいじめを知っていたはずだ。下の段で、椎奈がクスクスに狙われてるのに、先生は見て見ぬふりだって書かれてる。

　そうか、だから先生はこれを読んで、本をとりあげようとしたんだ。本は椎奈と引っぱりあいになって、破れた。椎奈は家にこもって、今もあの暗い部屋にいる。本の中も暗闇になって、時間が止まったまま、今でもクスクスが純たちを追いつづけてる。

　先生はどうしていじめを放っておいたんだろう？　グズグズが怖かったの？　それとも、いじめを注意したら、クラスのみんなを敵に回すから？　いじめられてる子が一人でがまんしていれば、クラスは壊れずにすむから？先生への疑問は、全部自分に返ってくる。どうしてぼくはいじめを放っておくの？　注意したらみんなを敵に回すから？　だから小林君ががまんしていれば……。

「なにしてるの！」

　その声にギョッとした。ふり返ると律子先生がいる。先生の視線が、ぼくの顔から下に落ちて、手を見た。表情が変わっていく。怒りと恐れで、ぐにゃりと醜くゆがんでいく。

ぼくは一歩、二歩、さがる。でもすぐにドンとカウンターにぶつかった。

「なくならない……何度捨てても、もどってくる……燃やしても、燃えない。切っても、もとにもどってる……」

まるで、死者の声だ。律子先生が腕をのばして迫ってくる。

もう逃げ場がない。とっさにぼくは、うしろポケットから本を出した。逃げるとしたらあっちの世界しかない。

「わたしに……」

先生が本をつかんだ。雑草でもむしりとろうとするように、力いっぱい。

「先生！」

---

17. 追いかける2人

律子先生の力が消えた。

「わっ」

綱引きで手を離されたみたいに、うしろにバタンと倒れた。

図書室が絨毯でよかった……。起きあがってあたり見まわすと、闇はあるけど律子先生はいなかった。

手に持ってる本を見た。

あっ！　裏側が直ってる。ギザギザに破れてたのに、きれいなページになっている。

やった！　椎奈の願いをかなえたんだ！

左手に破れたページ、右手に本を持っていて、両方が近づくと、強力な磁石みたいに引きあった。

両手が近づいていく。不思議な力に引きよせられて、本と破れたページがピタリとはまった。

ドクン！　本が動いた！　命がふきこまれたみたいに、本が強く脈打った。

「わたして！」

先生が本を引っぱる。ぼくもつかんで離さない。でもこのままだと……。

「また破れるよ！」

引っぱりあいながら、車のハンドルみたいに本を回転させた。世界が回った。

本を回して、下の段の、横書きの文章を読もう

本を直せばなにか起こると思ったんだけど、変化はあるんだろうか？　さっき、手の中でドクンって動いた。あの不思議なうごめきの正体は……。

カウンターの外に出て、窓に歩いていく。

外は、月明かりに照らされたいつもの暗闇だ。ここは１階だから、街全体は見わたせない。

ほかに変化がないかと思って、窓に顔を近づけたとき、急に光が飛んできた。

「うわ！」

タタタ……。だれかが腕時計を持って走ってる。

ぷっくり丸い、黄色いセーターの女の子……ヒヨ子だ！　図書室の前を走りぬけると、うしろからもう１人走ってきてヒヨ子にボールを投げつけた。

コントールの悪さだけで、だれだかわかった。２人は、真夜中の鬼ごっこみたいに暗闇を走っていく。

向かっているのは玄関だ。ぼくは図書室から飛び出した。

廊下の奥が明るくなって、光が玄関前の階段を駆けあがっていく。そのうしろを左千夫が追いかけていく。

ぼくは図書室前の階段をあがった。

２階に出て、廊下の奥を見ると、階段のまわりが一瞬明るくなって、また暗くなった。上の階に行ったんだ。

３階、それから４階にあがった。ここが最上階だ。廊下の奥から、光が暴れながら向かってくる。

「待て！」ぼくは廊下に立ちふさがった。

「ピヨピヨ！」ヒヨ子がやってくる。

「シン！」ヒヨ子のうしろから左千夫がやってくる。２人で挟み撃ちだ、と思ったとき、ヒヨ子が急に曲がって空き教室に入った。

あとを追って入ると、ヒヨ子は窓を開けている。

この前みたいに飛びこまないぞ。ぼくはすぐに飛びかからずに、じりじりとヒヨ子との距離をつめる。

「おい、腕時計返せ！」左千夫も遅れて教室に入ってきた。

「ピヨピヨ！」ヒヨ子は笑ってる。

「ねえヒヨ子、それ、大事な腕時計なんだ。返してよ」

窓にじりじり近づいた。

「返したらお兄ちゃんもう遊んでくれないでしょ？」

「お兄ちゃん？　ってぼく？」

「おまえとなんか遊ぶかよ！」左千夫がどなる。

「左千夫、それじゃダメだ」

ようやくわかった。ヒヨ子は遊びのつもりなんだ。ぼくから腕時計をとって、追いかけっこをして遊んでるんだ。

「ピヨ……」ヒヨ子は顔をシュンとさせたかと思うと、ヒョイと窓わくに飛び乗った。

「あぶない！」

「大丈夫、ピヨピヨ」

「ね、ねえヒヨ子、腕時計を返してくれたら、また遊んであげるから」

「ピヨピヨ？」ヒヨ子の顔が明るくなった。「どんな遊びしてくれるの！」

「次までに考えとく」

「約束ね！」

「うん、だからそこからおりてよ」

その瞬間、左千夫が飛びかかった。

242

「ピヨピヨッ!!」

　ヒヨ子は高くジャンプして、ぼくに向かって腕時計を投げた。

「あっ！」

　ぼくは卵をうけ止めるように、両手でやさしくキャッチした。

「ピヨピヨ！」

　声の方を見ると、ヒヨ子の姿がない。左千夫があ然と外を見てる。

　窓に駆けよった。暗闇の中、ヒヨ子が両手を広げ、すべるように空中をおりていく。

　ヒヨ子は羽のようにパタパタ腕をふりながら、校舎の横のニワトリ小屋の前にふわりと着地した。

「なにあれ」「すげーな……」

「ピヨピヨ」ヒヨ子は戸を開けて、中に入っていく。

　ぼくの世界では、あの小屋にいるのはトリ子という名前のニワト

243

りだ。もしかして、ヒヨ子とトリ子は同じなの？　ぼくの世界では、3年後にニワトリになるってこと？

ヒヨ子が小屋からヒョイと顔を出して「約束だからね！」と言って顔を引っこめた。……不思議な子だ。

「腕時計とりかえしたな！」

左千夫が興奮しながらぼくの腕をつかんだ。

「うん！」ぼくの手の中に、腕時計がある。その重みをしっかり感じた。見ると、切れたはずのバンドが、黄色い糸でつなぎあわされて、直ってる。

ヒヨ子が直してくれたんだ。これで、腕時計も本も直った。

「あ、そうだ」本のことを思い出した。「ねえ、こっちでなにか起こらなかった？」

「は？　なんのことだ？」

「見て」うしろポケットから本を出して、裏側を見せた。

「直ってるぞ！　破れたページ見つかったのかよ！」

「うん。裏側にくっつけたとき、本がドクンって動いたんだ。だからこっちの世界で、変化があったんじゃないかと思ってさ」

「そうだなあ……、さっきクスクスがみんな、どっか行ったぜ」

「どこに？」

「わかんねーけど、学校の外でウロウロしてたのが、城の方に行ったみたいだな」

「城？」ぼくは窓から外を見た。

「あ!!」

２人同時に声をあげた。街が、前に見たときより広がってる。世界の果てから先は、グズグズの城以外なにもなかったのに、今はちゃんと街がある。

245

「見ろよ！」左千夫が指さした。月明かりに照らされた煙突。グズグズの城だ。高くそびえ立つ煙突のまわりにも、街は広がってる。

「やった！　城までつながってる！　これで城まで行けるんだ！」

　グズグズの城は、現実の世界だと、ぼくのお父さんが働いてる焼却場で、ぼくはもちろん、行き方を知っている。

「シン、やったな！」

「ぼくはグズグズの城に行くけど、左千夫は残ってもいいよ」

「なんでだよ」

「だって、途中でクスクスが現れたら逃げるでしょ」

「バカやろー、オレだって戦うぜ！　それにクスクスはみんなどっか行ったみたいだし——」言いかけて左千夫が固まった。

「どうしたの？」

「前もあった……。クスクスがいっせいに城に引きあげるのは、6

年３組の生徒を連れてったときだ」
「じゃあ連れてって、そのあとは……」
「生け贄にされるんだ！」
「純！」
　ぼくと左千夫は、同時に走りだしていた。廊下に出て階段をおりる。どうして早く気がつかなかったんだ。さっきこっちの世界にきたときに、すぐに純のところに行けばよかったんだ。
　１階におりて、玄関から外に出た。空にあるのは三日月で、もう夕方になってる。
「でも先生も一緒だろ？」坂をくだりながら左千夫が聞いてくる。
「現実の世界で、律子先生は椎奈を助けなかった。グズグズたちのいじめを見て見ぬふりだったんだ。だから椎奈は、本の中でもそういう風に先生を書いた！」

247

「それってどういうことだよ！」

「つまり本の中の先生は、グズグズの味方なんだ！」

三日月が坂に映って、前を先導するように走っていく。ぼくたちは坂をくだり終え、十字路を右に曲がって商店街へ向かった。

現実の世界で１人ずついじめの対象になったように、暗闇の世界の３組も、１人ずつ生け贄になっていく。次が純の番で、律子先生はずっと純を狙っていたんだ。

そうだ、初めて先生に会ったのは学校の玄関だった。あれはクスクスに襲われてたんじゃなく、扉を開けて中に入れようとしてたんだ。ってことは今日、先生が三知書店にきたのは、純と２人きりになるためだったんだ。

商店街に入って、三知書店の前まで走ってきた。シャッターは半分開いたままだ。

「純！」

飛びこんだ。暗い店内に人はいない。ただ本だけが、無言でならんでいるだけだった。

ぼくのせいだ……。もっと早く気づいていれば、もっと早く行動していれば……。

「早く、追いかけようぜ……」

言いながら左千夫は座りこんだ。ぼくも息があがってる。

店の中に入ってくるわずかな月明かりが、いちばん奥にあるレジカウンターまで届いてる。レジの横に、なにかある。

歩いていって、レジカウンターの上を見た。本が１冊と、純のメモがあった。

〈シンへ　オススメの本、いっしょうけんめい探したよ。ぜったい、おもしろいと思うから、読んでくれたらうれし〉

249

メモはそこで終わっていた。

床(ゆか)に、エンピツが落ちていた。ぼくのために本を選(えら)んでくれたんだ。だけど、このメモを書いてるときに……。

左千夫の横を走りぬけ、店を飛(と)び出(だ)した。

「おいシン！」

疲(つか)れなんかかまわない。とにかく走った。

いっきに商店街(しょうてんがい)の入り口まできて、ぼくはようやく止まった。

「どうしたんだよ！」うしろから左千夫がやってくる。

このまままっすぐ行けば十字路に出る。その先には国道があって、国道を右に曲がってずっと行くと、焼却場(しょうきゃくじょう)にたどりつく。そこは、暗闇(くらやみ)の世界ではグズグズの城(しろ)だ。

ぼくはまっすぐ行かず、右に曲がった。少し行って、左に曲がる。

「なんだよ、ちゃんと説明(せつめい)しろよ！」

左千夫が文句を言いながらついてくる。向かってるのは城の方だから間違いじゃない。道を１つずれて、公園の横を通るだけだ。

「おい、このまま行けば椎奈の家だぞ」

左千夫の言うとおりだ。椎奈の家にだんだん近づいていく。

「おまえ、椎奈を外に出すつもりか？」

「ためしてみる。純が城に連れていかれるまでに、ぼくたちが追いつくのは無理そうだ。でも椎奈を外に出せば、太陽がのぼるだろ。そうしたら光に弱いグズグズを倒せる」

「どうやって椎奈を外に出すんだよ。おまえ、直接会ってもダメだったんだろ？」

「ダメでもやってみる」

心の底から純を救いたいと思った。そのためには椎奈の力が必要なんだ。

251

だんだん椎奈の家が見えてくる。

「クスクスがいない」

「やっぱ生け贄の儀式のために、グズグズの城に行ってるんだぜ」

この前は、磁石についた砂鉄みたいにビッシリ家にくっついていた。でも今は１匹もいない。

椎奈の家の前に立って、大きく息を吸った。

「椎奈！」

反応はない。だけど伝えたかった。

「これ見て！　破れたところ、とりもどしたよ！　きみの本、もとにもどったんだ！　最後の部分、読んだよ！　きみが伝えたかったこと、ぼくはわかった！　これからグズグズを倒しにいく！　もう生け贄は出さない！　約束するよ！　もう絶対、いじめられる人を作らせない！　だから外に出て！　この世界に太陽をもどして！」

252

言葉が、流れ星の尾のように糸を引いて、暗闇の中に消えた。住宅街は静かになった。椎奈の部屋の窓は、鉄の扉みたいに、カーテンが重く垂れさがったままだ。

「行こうぜ」左千夫が言った。

「うん」

歩きだしたとき、椎奈の部屋でカーテンがわずかに動いたような気がしたけど——

「おい、腕時計の充電は大丈夫なんだろうな？」

「え!?　知らないよ。ずっとヒヨ子が持ってたんだよ」

嫌な予感がする。立ち止まって、左腕にある腕時計のボタンを押した。

光は出た。だけど2、3回、まばたきみたいに点滅して、すぐに消えた。

明るくなった瞬間、グイッと手を引かれた。律子先生が本を引っぱってる。

先生の顔は、怒りと悲しみでゆがんでる。

ぼくも強く本をにぎった。でも本が引っぱりあって、今にも破れそうだ。

「先生ダメだよ！」

先生の力がどんどん強くなる。ピンと張った紙が力に耐えきれず、ビリッと嫌な音がした。

「先生！　また破れちゃうよ！　椎奈はそれで家から出なくなったんだよ！」

先生の力が弱くなった。目から涙を流している。必死に、苦しみに耐えてるような顔だ。

「おい！」

「ヒヨ子だよ！　光をつけて遊んでたんだ」

もう一度ボタンを押すけど、光はもう出ない。充電切れだ。

「どーすんだよ！　ぜってーグズグズに勝てねーだろ！」

「ぼくの世界にもどって充電するよ」

「そんなことしてたら純が生け贄にされるぞ！」

「左千夫、このまままっすぐ行ったら公園の入り口だよね。そこで待ってて。ぼくは現実の世界にもどって、腕時計を充電しながら公園の入り口に行くよ」

「……」

「なに？」

「おまえ、逃げるなよ」左千夫は、まじめな顔だ。

「うん」

「暗闇の世界の椎奈を、外に出してあげたいんだ！　そうしたら太陽がもどって、みんな救われるんだ！　先生が言ったんだよ、本の中ではみんな生きてるって。椎奈を救いたいんだよ！」

先生の力がぬけていく。そうして、苦しみから解放されたように、すっと本から手を離した。

律子先生は、図書室の床に崩れおちて、泣いた。

先生だっていじめをなくしたかったはずだ。だけどいじめを注意すれば、クラスはみんな敵になる。だまって先生が見逃せば、みんなはいい生徒のままでいてくれる。そのために、先生は生け贄をささげた。

先生は血を吐くように泣いた。この三年間、先生もずっと苦しんできたんだ。ずっと図書室にいて、だれともしゃべらず、自分が破った本のページを読みつづけて……。

本を見つめた。少し破れたはずだったけど、自然に

「信じるぞ」

そう言って、公園の入り口へ走っていった。

左千夫のあんな顔、初めて見た。ぼくもグッと気合いが入る。

うしろポケットから本を出す。開いて、回しながら思い出した。ダメだ！　現実の世界は目の前に律子先生がいるんだ。ぼくはそこから逃げてきたんだ！

世界が回った。

本を回して、上の段の、縦書きの文章を読もう

直ってる。

この中に、みんないる。左千夫は今、公園の入り口に向かってるはずだ。

「先生のためにも、椎奈を救うから」

廊下に出た。図書室からは、律子先生の泣き声しか聞こえなかった。

外はもう夕方だった。街が赤く染まってる。

ずいぶん長く図書室にいたんだ。

西の空に、太陽がどんどん沈んでいく。早く充電しないと、夜になるぞ。

腕時計を太陽に向けて歩いた。十字路をわたって、公園に行く。

これじゃあ全然、充電はたりない。公園についても、暗闇の世界に行かないで充電しよう。

「これ食えよ」

声が聞こえた。野太い声。こっちの世界のグズグズ、桐山コウジの声だ。

「クスクス……」笑い声もする。ということはきっと。

公園の入り口が見えた。やっぱり小林君がいる。

サングラスをかけたグズグズが、小林君の前になにか投げた。地面に落ちたものに、小林君が手をのばす。

エリ子が笑う。赤い髪がゆれる。

「クスクス……」

手下たちも笑ってる。

「クスクス……クスクス……」

見たくない。どうしてこんなときに。

公園を見ないようにして、中古車のならんだ敷地に駆けこんだ。車の裏にしゃがみ、隠れる。腕をのばして、車の影から外に出した。

車によりかかりながら、腕時計の文字盤を、太陽の方へ向ける。こうするしかないんだ。

エネルギーをどんどん蓄えたい。なのに、邪魔するように、公園から音が聞こえてきた。

聞きたくない嫌な音だ。空気を伝ってここまで届く。

小林君がなにかを食べさせられている音、それから笑い声が、

「クスクス……クスクス……」

鼻をこする音が、

「グズグズ……グズグズ……」

耳をふさぎたい。

でも、腕を影から出さないといけない。

卑劣ないじめの音が、毒ガスみたいに耳から入ってくる。醜い笑い声が、ぼくの心をヤリで突き刺す。

小林君が泣いている。心が痛い。ここから逃げ出したい。こんなに時間が長いなんて。一秒が一年みたいだ。

このままだと、充電が終わる前にぼくがおかしくなる。

ダメだ、がまんできない！　ポケットから本を出して

---

18. グズグズの城

「うわっ！」

うしろの支えがなくなって、ゴロンと転がった。背中に砂利が食いこむ。

「いてて……」

起きあがると、車はすべて消えていた。細くなった三日月が、さびしい空き地を照らしてる。グズグズや、小林君の声も聞こえてこない。

「シンか？」

声がした。公園の入り口から影がやってくる。

ひっくり返した。

世界が回った。

本を回して、下の段の、横書きの文章を読もう

「やっぱシンか。充電ちゃんとできたんだな」左千夫だ。

「あ、うん……」

「よし、じゃあ行くぞ！」

左千夫が走りだした。ぼくもあわててあとを追う。

本当は、左千夫に言わないといけない。ぼくは逃げてきたんだ。充電も、どのくらいできてるかわからないんだ。

左千夫はふり返らずに、ぼくの先を走っていく。左千夫の背中に、声をかけることができない。

十字路を右に曲がり、まっすぐ走る。せまい道をぬけると、いきなり広い道路に出た。

国道だ。道路の両側に大きな店がならんで、今は明かりがついてないけど、本当なら、北北西市でいちばんにぎやかな場所のはずだ。

２日前、ぼくはお父さんに会おうと思って、前の家に行こうとした。そのときは世界の果てがあって、ここまでくることができなかったけど、ようやく国道までたどりつけたんだ。

そうだ、お父さんはもう家に帰ってるのかな。今なら会いに行けるかもしれない。

「シン！」

遠くから声がした。左千夫はもう国道を走りだしてる。

「待って！」

左千夫のあとを追った。お父さんに会いに行くのはあとでいいんだ。今は純を助けに行かないと。

国道には車が１台も走ってなくて、幅の広い道が不気味にのびている。ぼくたちは無言で走った。この先にどんなことが待ちかまえてるのか、全然わからない。

交差点に出た。信号は消えているけど、左千夫はさっさと横断歩

260

道をわたっていく。

車がいないから安全だと思ってるのかもしれない。ぼくも横断歩道をわたる。

そうやって交差点をいくつもすぎていくと、国道がだんだん、怪力でねじ曲げられたように左にカーブしはじめる。ぼくと左千夫も、重力に引きよせられるように左へ左へ曲がっていく。そのとき、

「あっ！」

ついに煙突が見えた。焼却場……じゃなく、こっちの世界ではグズグズの城だ。

遠くに煙突を見ながら走っていくと、道はカーブするのをやめて、まっすぐになった。

だんだん小さな建物が減っていく。かわりに工場や倉庫とか、大きな建物がドスンドスンと立ちならぶ。

まるで巨人の国に迷いこんだみたいだ。建物の大きさにあわせるように、道幅もさらに広くなる。

グズグズの城はすぐそこだ。あと２つ、交差点を越えたらたどりつく。

近づけば近づくほど煙突は大きくなっていき、ぼくの不安もふくらんでいく。本当に戦えるんだろうか……。

だれもいない交差点をわたっていたとき、ぼくは立ち止まった。左千夫もつられて止まる。

「くる。たぶん１匹」

ぼくが言うと、左千夫はポケットから野球ボールを出した。

「クスクス……」

悪夢に出てくる怪物みたいに、闇の中からクスクスがゆっくり姿を現した。

「このぉ！」

　左千夫がボールを投げたけど、はるか手前でポトリと落ちた。

「届いてもいないよ！」

「うるせー！」

　突然クスクスがスピードをあげた。すごい勢いで横断歩道を走ってくる。

「シン！」

　左千夫の声が聞こえる前に、ぼくは腕時計のボタンを押していた。光が、世界でいちばん速い球みたいに飛び出して、クスクスのど真ん中に命中した。

「ストライク！」

　左千夫の声が闇に響く。クスクスが、切られた悪役みたいにドサリと倒れた。

263

「行こう。ここからはクスクスがいるみたいだよ」

ぼくは走りだした。冷静なふりをしてるけど、手が震えてる。

ブクブク溶けて、蒸発しはじめたクスクスの横をぬける。左千夫は落ちてるボールを拾った。

「焼却場前」という名前のバス停もすぎて、いよいよ最後の交差点まできたとき、ぼくたちは走るのをやめた。ここからは、音をたててはいけない気がした。氷のはった湖みたいに、慎重に歩く。クスクスの気配はない。

交差点をわたると、闇の中から、だんだん巨大な姿が浮かびあがってきた。

「これがグズグズの城かよ……」左千夫の声が震えてる。

小高い丘に、城がそびえたってる。暗闇の霧が覆って、ぼんやりとしか見えない。だけど、城と言うよりギリシャ神殿みたいだ。太く丸い柱が、何本も立っている。

そのうしろで巨大な煙突が、霧の中の灯台みたいに、不気味にのびていた。

「どうする……」左千夫が言った。

ぼくたちの目の前には、幅の広い階段があって、まるで待ちかまえているみたいに、城までつづいている。

ぼくは、何度もしぼってもうほとんど残ってない勇気を、さらに強くしぼった。

「い、行こう……！」

階段をあがりはじめる。

でも、ここにくるだけでも、そうとう疲れてた。

１段あがるたびに、足がガクガク震える。

それでもぼくは、なんとか半分くらいまでのぼった。

だんだん城の姿が見えてくる。巨大な柱がいくつもそびえて、本当に神殿みたいだ。

ふり返ると、左千夫はずっと下にいて、闇に同化しつつある。

「左千夫！」

「オレはいいから、先に……行け……」

「そんな！　ぼく１人で行くの？」

「おまえには、腕時計があるだろ……」

「左千夫にも必殺の野球ボールがあるだろ！」

「う、うるせー！」

左千夫は少し元気になったみたいだ。階段をあがってくる姿が見えた。

よし、いいぞ。ぼくも先を急ぐ。

がんばれ、もう少しだ……。自分をはげましながら１段１段のぼ

266

る。だんだん純に近づいてるんだ。

そうして、ようやく上までたどりついた。

消えかけてる月明かりに照らされて、白い円柱がズラリとならんでる。その奥に、建物があった。

あそこだ。真ん中に扉がある。

「左千夫、早く！」円柱にもたれかかって、左千夫を待った。上から見おろすと、真夜中の海のように、暗い街が広がっている。そのとき、

「クスクス……」聞こえた。左だ。

だけど暗くて姿は見えない。ただ城の石畳をたたくように走ってくる音だけが聞こえる。

腕時計のボタンを押して、右から左へ、払うように腕をふった。

いた！　闇を切る光の剣が、クスクスの体を真っ二つにした。

上半身がドスン！　下半身がドスン！　石畳の上に倒れて太鼓のように響いた。

「クスクス……クスクス……」

まるでその音が合図だったみたいに、声が聞こえだした。

静かな夜の海が、しだいに波が高くなっていくように、闇がうごめきだしてる。

「左千夫！　早く！」

ふり返ると、あと少しだ。駆けおりて腕をつかんだ。

「早く扉に！」

左千夫を引っぱりあげ、２人で走った。

ドドド……、地響きが聞こえる。

「先に行って！」

言いながら腕時計のボタンを押した。左を向いて横に切る。光が

268

ムチのように走ると、クスクスの群れの、先頭がズバズバ切れた。

明るくなってわかった。すごい数だ。

次は右だ。光を移動させ、ズバリと切る。バタバタと倒れていくけど、すぐに新しいクスクスが現れる。

これじゃキリがない！

ふり返ると、さっき切った左からも、クスクスが迫ってきてる。

「シン、ついたぞ！」

左千夫が扉の前にいる。

「押して！」

ぼくも扉に走る。近くで見るとさらに巨大だ。

「せーの!!」

残った力の全部をこめた。だけど１ミリも開かない。ビクともしない。

「ダメだ！」左千夫が叫んだ。

うしろからはクスクスが迫ってくる。ふり返って腕時計のボタンを押した。

ぐるりと180度、腕をふる。光の半円ができて、クスクスがバタバタと倒れた。

飛びつくようにもどると、腕時計の光が扉にあたった。光ははね返らずに、ズブズブと吸収されていく。

ゴゴゴ……。扉がうなり声のような音をたてた。

「シン！」

左千夫が喜びの声をあげた。扉が動いてる。だんだん手前に開いてくる。

「やった！　早く中に！」

つかんで早く開けようとするけど、亀のようにゆっくりだ。うし

270

ろからクスクスがやってくるのに！
「もう行くぞ！」
　左千夫が体を入れたけど、つっかえた。
「なにしてんだよ！」
　体あたりして、押し入れた。
「クスクス！」
　耳元で声がした瞬間、扉のすきまに飛びこんだ。
　ガン！　ガン！　すさまじい音だ。クスクスの群れが、襲いかかったまま止まれずに、扉に激突してる。
　扉は少しずつだけど、今も開きつづけている。そのうちクスクスが入ってくるぞ。
　城の中は、クスクスの臭いがこもってる。でも、どこからか、ツンとすっぱい臭いがした。くさったグレープフルーツみたいな、嫌な臭いだ。

なぜか、左千夫が立ち止まって、固まってる。

「どうしたの？」

左千夫の視線を目で追った。

城の中は巨大な空間だ。学校が全部１つの部屋になってるみたいだ。わずかに開いた扉から、月の光が入って、部屋の真ん中に１本のすじができている。

光のすじは部屋の奥までつづいていて、視線をだんだん向けていくと……。見えた。あれを見て左千夫は固まっていたんだ。

部屋のいちばん奥に、化けものがいた。

超巨大なクスクスだ。白い肌に月明かりが光って、汗をかいて湿ってるようにも見える。

あれがきっと、グズグズだ。

272

体は山のように大きく、ひざを曲げて座っているけど、立ちあがったら天井を突き破るだろう。長い腕が部屋の両端までのびて、先端にある爪は、それだけで人間くらいの大きさだ。

こんな怪物、絶対勝てない。

「に、逃げようぜ……」

左千夫の震える声が聞こえたとき――

「グズグズ!!!!」

怪物が鳴いた瞬間、ぼくは宙に浮いていて、声の衝撃だけで吹き飛ばされた。

「いてて……」背中をさすりながら起きあがると、

「逃げるぞ！」左千夫が、扉に走ってる。

そうだ、逃げよう、絶対かなわない。ぼくも扉に駆けだそうとしたとき、

273

「シン？　左千夫？」闇の中で声がした。

　腕時計のボタンを押して、声の方に向ける。光が、部屋のいちばん奥を照らした。グズグズの白い腕が見える。

　どこ？　あせりながら腕時計を動かすから、見つけられない。

　10秒たって光は消えた。

「もっとこっち！」

　声だけ聞こえる。もう一度光をつけて照らすと、部屋の左すみに緑色の網があって、中に白い服が見えた。

「シン！」光の中に純がいた。

「純！　大丈夫？」

「わたしは大丈夫、でも先生が！」

　純の横に律子先生が倒れてる。現実の世界の、泣き崩れた先生の姿を思い出した。暗闇の世界の先生だって、自分のクラスの子を生

274

け贄にしたいわけがない。嫌だけど、グズグズの手先になってたのかもしれない……。

「ダメだ！　出られない！」

　左千夫の声にふり返ると、扉のすきまからクスクスが入ってこようとしてる。

　こ、こうなったら、あいつを倒すしかない！

　部屋の奥にいるグズグズに向けて、腕時計のボタンを押した。

　飛び出した光がグズグズに向かう。入り口から向こうの端まで、一直線にのびて、太陽のエネルギーがグズグズの体を……つらぬかなかった。

　光はたしかにあたっている。だけど全然効かない。グズグズの白い体には、焦げあとすらつかず、大きな顔は表情１つ変えずに笑ってる。

---

19. 小林君

「左千夫！」

手をのばした。だけど左千夫の姿はもうない。

目の前には中古車がならんでいて、赤い夕陽をあびている。

そうだ、ぼくは車の陰に隠れて、腕時計を充電していたんだ。

公園から小林君の泣き声が聞こえてきた。グズグズたちにいじめられてるんだ。

エリ子と手下の笑い声が「クスクス……クスクス……」。

まるでぼくが笑われてるみたいだ。陰に隠れてコソコソしてる。いつもいじめを見て見ぬふりだ。早くここか

腕時計の光が２、３度またたいて、眠るように消えた。

そんな！　もう一度ボタンを押すけど、弱々しい光が出て、すぐに消えた。

何度もボタンを押すけど、腕時計は気を失ったみたいに、なんの反応も返ってこない。左千夫が駆けよってくる。

「おまえ、充電してきたんじゃねーのかよ！」

「じ、時間がなかったんだよ！」

ウソだ。いじめの音を聞きたくなくて、ぼくは逃げてきたんだ。

「シン、もう１回行って充電してこい」

「でも左千夫が――」

「オ、オレは大丈夫だ。オレにはこれがある」

左千夫は汚れた野球ボールを出した。

「これで、時間かせぐからよ」

らいなくなりたい。この場所から離れたい。
「クスクス……クスクス……」
ダメだ、もうがまんできない。
車の陰から飛び出した。十字路に向かって走る。
うしろから、ぼくを追跡するサーチライトみたいに、太陽が赤々と照らしてくる。家も道も街もみんな、燃えるように赤い。
十字路までくると笑い声は聞こえなくなって、走るスピードをゆるめた。ぼくは暗闇の世界を救うんだ。今はそれが大事なんだ。
そうだ、時計を太陽に向けて、充電しながらグズグズの城に向かおう。こっちの世界では焼却場だから、近くまで行って本を回せば、目の前はグズグズの城だ。
急ごう。一歩前に踏み出そうとしたとき、
「たすけて……」
小林君の声が、風に流されて聞こえてきた。でもダメ

本を回して、上の段の、縦書きの文章を読もう

手がブルブル震えてる。
「でも！」
「うるさい！」
左千夫がぼくのうしろポケットから本を引きぬいた。
「クスクス！」うしろから声が聞こえた。足音も迫ってくる。
「シン、早く帰ってこいよ、オレ、ノーコンだから……」
左千夫が本を開いて、ぼくににぎらせた。無理に作った左千夫の笑顔は、恐怖で引きつってる。
「でも！」
本を持ったぼくの手を、左千夫がぐるりと回転させた。
世界が回った。

なんだ、助けられないんだ。ぼくにはやることがあって、世界を救うために、行かないと……。

ぼくは声を無視して十字路を曲がり、国道に走った。全力で、小林君の声をふりきる。

焼却場へ行くんだ。充電してグズグズを倒すんだ。それがぼくの使命なんだ。でも……。

ぼくは走るのをやめて、立ち止まった。道の先に、国道が見えた。たくさんの車が走っていく。歩く人たちも大勢いる。でもだれも、小林君のことを知らない。今、公園でいじめられてるんだ。ここからすぐのところ、数分の距離。そこで、苦しんでる。でもだれも、助けない。ぼくも同じだ。無関係のふりをして、いつも逃げてた。そうしていれば、今までのぼくがずっとつづくと思ってた。いじめなんて関係ない、かかわらなければ傷つかない、そう思ってた。でも——

これからは、違う。

体を反転させて、国道に背を向け走りだす。十字路に向かって、飛び出す光みたいに、きた道をもどる。小林君の方へ。

靴がアスファルトを蹴る。一歩一歩、スピードを増す。十字路を曲がると公園が見えた。どうしてぼくが、こんなことを……。自分でもまだ、信じられない。

うしろポケットに入ってる、この本のせいだ。これを見つけて、本の中の世界に入って、いろんなことを経験した。そうして、ぼくは変わった。

公園が近づいてくる。小林君が見えた。芝生の上、グズグズの前でひざまずいてる。まわりにエリ子と手下がとり巻いてる。

走って公園の入り口から飛びこんだ。まだだれも、ぼくに気づいてない。ようやくエリ子がこっちを見た。つられて、手下たちも見た。グズグズは小林君に気をとられていて、大きな背中を無防備に向けてる。

その背中目がけてつっこむ。体あたりだ。ようやくグズグズが気づいて、ふり向こうとしたとき、ぼくの肩がグズグズの横っ腹にめりこんだ。

グッ、という感触。たしかな手ごたえがあった。グズグズが叫びながら倒れていく。まるで怪獣の悲鳴だ。勢いのまま、ぼくも倒れる。芝生がこすれ、草と土の臭いがした。

やるしかなかったんだ。このままずっと、逃げつづけるわけにはいかなかったんだ。

地面に手をついて、立ちあがろうとしたとき、まわりが暗くなった。

見あげると、グズグズが立っていた。黒いサングラスに夕陽が映って、赤くメラメラ燃えている。

「あの……」

蹴られた。息ができない、横っ腹が破裂しそうに痛い。何度も蹴られる。

「もう……やめて……」

グズグズは何度も何度もぼくを蹴る。

「たすけて……」

グズグズが、大きく足をふりあげた。もうダメだ……。足が、ぼくの顔めがけてふりおろされた。

そのとき、白いボールが飛んできて、グズグズのサングラスが花火みたいに砕け散った。

スローモーションみたいに、グニャリと顔がゆがむ。ゆっくり、吸いこまれるように倒れていき、グズグズは地面に横たわった。

いったい……なにが起きたの？

公園の入り口に、背の高い中学生が見えた。左千夫だ。横に純もいる。黒髪が風にゆれている。

壊れた機械みたいな声をあげて、グズグズが立ちあがった。ふらつきながら目をほそめているのは、痛みのせいなのか、それとも夕陽のせいなのかわからない。

左千夫がバッグからボールを出して、ゆったりとしたフォームからとどめの一球を投げようとしたとき、

「もういいよ」

純が止めた。

グズグズの目が、おびえてる。これが本当の姿なんだ。いつもは暗いサングラスに隠されてるけど、明るい太陽の下では、弱くて、みじめで、ビクビクしている。いじめの正体を、ぼくは見た。

グズグズが、公園の奥へ逃げだした。

「こら！」

純が吠えると、エリ子もグズグズのあとを追っていく。手下たちはバラバラに、公園のどこかに散っていった。

「いてて……」

立ちあがろうとすると、純が駆けてきて支えてくれた。

「キミ、がんばったね」

「う、うん……」

純がハンカチで顔をふいてくれる。照れくさいけど、うれしい。

「ありがとう」

と声がした。見ると小林君が、うれしそうな、泣きそうな顔をしている。

「小林君、これからきっと、いじめはなくなるよ」

完璧な自信があったわけじゃない。だけどそうなってほしいと、ぼくは思った。

「大丈夫、わたしたちもいるんだから！」

純が笑った。みんなで笑った。

「ねえ、今わたしたち、椎奈の家に行ってきたんだよ」

純の言葉にハッとした。

「ぼっ、ぼくも行ったんだよ」

「やっぱりおまえか。椎奈のお母さんがよー、知らない子が入ってきたって言ってたぞ」

「椎奈、ずっとあのままなんだね……」

そうだ、ぼくにはやるべきことがあったんだ。暗闇の世界の椎奈を外に出して、太陽をとりもどさないと。でもその前に、グズグズを倒して純を助けないと。

「ぼく、行かないと」

「どこに？」

「今度会ったときに話す！」

駆けだしていた。不思議と痛みは気にならない。

公園を出て、走る。空と街との境目で、太陽はまだ、沈むのを待ってくれていた。

腕時計を夕陽にあてながら走る。国道に出た。暗闇の世界とは全然違う。血管を流れる血液みたいに、車がギュンギュン走ってく。

その流れに乗って、ぼくも先へ急ぐ。道は左へカーブして、道幅が広くなる。もうすぐだ。

工業地域に出ると、見えてきた。焼却場の煙突だ。信号は赤だけど、早く行かないと。

20. 生け贄の儀式

目の前に、暗い闇が広がってる。

トラックは、いない。

スルスルと、力がぬけていく。

轢かれずにすんだ。だけど、現実の世界にもどったら、目の前にトラックがいる。

ぼくはもう、もどれないってこと？　本の中から出られないってこと？

空から月が消えたあとも、ほのかに残っていた最後の明かりが、今、消えた。

左右を見る。車はいない。

横断歩道をわたり「焼却場前」と書かれたバス停を通りすぎたとき、

「おい！」

声をかけられた。かまうもんか。立ち止まらずに突き進む。次の交差点を越えれば焼却場だ。

うしろポケットから本を出す。あと少しだ。

最後の交差点をわたりながら本を開いた。その瞬間、強烈な光に照らされた。

横を見ると、巨大なトラックが突進してくる。ブレーキの音が耳に刺さる。

「うわああ！」

本をひっくり返した。世界が回った。

本を回して、下の段の、横書きの文章を読もう

夜がやってきた。完全な暗闇だ。

遠くから、叫び声のような、うなり声のようなものが聞こえた。

そうだ、ぼくには考えてる時間はないんだ。今はとにかく、純を救わないと。

腕時計のボタンを押し、足もとを照らして歩きだす。光のまわりは絶望みたいに真っ暗で、世界はこの中にしかないみたいだ。

城の前まできて、下から照らすと、クスクスの姿は見えない。大丈夫そうだ。

階段をあがろうとしたとき、うしろでタタタ……音がした。

なに？　ふり返ると、バサリとなにか飛んできて、腕時計を。グイグイ引っぱられた。

「やめろ！」腕を引いて、光をあてると、

「ピヨピヨ！」黄色い子が、まぶしそうに目をパチパチさせてる。

「なんだ、ヒヨ子か……」

ヒヨ子は口をパクパクさせて、光を食べようとしてる。

「こんなとこでなにしてるの？」

「遊んでちょうだい」

「ダメだよ、遊んでる場合じゃないんだ」

ぼくは階段をのぼりはじめた。だけど足が鉛のように重い。１段あがるだけで、息が切れる。

こんな調子だと、いつまでたってもたどりつけない。と思ったとき、グイッと背中が押され、体が軽くなった。

押されるまま、どんどんあがってく。うしろを見ると、ヒヨ子が押してくれてる。「ピヨピヨ！」楽しそうだ。

ヒヨ子のおかげで、あっというまに上についた。

城を照らすと、巨大な扉は閉まってる。光が直接、扉にあたると、ゴゴゴ……開いていく。

「クスクス！　クスクス！」

　中からすごい数の声が聞こえてきた。

　危険だ。ヒヨ子を入れるわけにはいかない。

「ヒヨ子、ここで待っててね」

「ピヨ？」

　歩いていくと、声はどんどん大きくなっていく。大合唱だ。

　扉の前で、光が消えた。クスクスの声も止まった。

　闇の中に、不気味な静寂が広がる。

　手探りで扉にさわりながら、そっと城の中に入った。

　なにも見えない。音もしない。ただムッとしたクスクスの臭いがたまっていて、まるで動物園の檻の中みたいだ。その中に、かすかにあの、すっぱい臭いもする。

287

　暗闇を歩いていく。さっきまで声を出してたクスクスは、どうしたんだろう。それに、グズグズは……。

　腕時計のボタンを押した。まばゆい光が城の中を駆けぬけて……

　いた。部屋のいちばん奥に、巨大なグズグズが、魔王のように待ちかまえてる。

　光に照らされたグズグズが、クシャミをするみたいに顔をゆがめたかと思うと、大きな口から――

「グズグズ!!!!」声が吐き出された。

　城がゆれる。まともに立ってられない。床に手をつき、なんとかバランスをとった。

　その声が合図のように、左右から「クスクス！　クスクス！」大合唱がはじまった。

　腕時計を左に向ける。壁ぎわにうじゃうじゃいる。光に切られて

288

何匹か倒れると、左の大合唱が止まった。

　今度は右だ。腕をふるとズバズバ切れて、合唱が止まった。

　また静寂だ。

「純！　左千夫！」叫んだ瞬間、腕時計の光が消えた。

「シン……」

　遠くからかすかに聞こえた。

　光をつけて照らす。部屋の奥、天井近くに、グズグズの太い腕があった。巨大なクレーンのように、ゆっくり横に動いてる。手になにか持っているぞ。

　緑色の網だ。中に純と左千夫、律子先生もいる。

　腕が向かう先には……パックリ開いたグズグズの口がある！

「やめろ！」

　光を向けると、黒く巨大な目にあたり、ひるんだように顔をそむ

289

けた。よし、もっと近くから撃てば！

グズグズに向かっていく。光が消えても、かまわず走りつづける。

「クスクス！　クスクス！」

また大合唱がはじまった。左右から近づいてくる。

走りながら腕時計のボタンを押した。光がグズグズの足まで届いたけど、ビクともしてない。

「クスクス！　クスクス！　クスクス！」

大合唱がうしろに迫ってくる。

グズグズの下まできて見あげると、グズグズ自体が巨大な城のようだ。

グズグズが、大きな口へ、純たちの入った網を投げ入れた。

あっ！　とっさに腕をふりあげた。光が駆けあがり、グズグズの目に達して、

「グズグズ……」

嫌がる声を出して、グズグズが顔をそむけた。

網が、口の端にあたって落ちてくる。

「純！」走りだすと、ドン！　ぶつかった。

光を向けると、目の前にクスクスがいた。光をあびて顔がドロドロ溶けていく。

「うわああ」あとずさると、ドン！　とぶつかった。うしろもクスクスだ。いつのまにか、まわりを囲まれていた。

光が消えて、すぐにつけると、目の前にクスクスがいた。

光をふって、切る。でもまた現れる。何度も切るけど、次々やってくる。

うしろから、腕をつかまれた。光で切れない！　どんどんつかみかかってくる。体中を引っぱられ、ちぎれそうだ。

腕時計がむしりとられた。「返せ！」腕をのばすけど、光は速く離れていく。

頭をつかまれ、爪が食いこんでくる。すさまじい痛みで、気が遠くなっていく……。

もうダメだ……。

目を閉じた。

そのとき、クスクスの力が消えた。

まぶたの向こうが天国みたいに光ってる。体がだんだん、温かくなっていく。

なにが起こったんだ？

ぼくは、はりついたテープをゆっくり剥がすように、慎重に目を開けた。

まばゆい光であふれてる。溶けていくクスクスの姿が見えた。

こんなに強い光が、どこから……。

見ると、扉のすきまから、黄色の光が入りこんでる。

朝日だ、太陽がのぼってる！

光に照らされ、床が輝き、まるで光の絨毯だ。ぼくはその中にポツンといて、クスクスは溶けて蒸気になっていく。

足首をつかまれた。

え!?　光の絨毯の外にはまだ大量のクスクスがいた。そのうちの１匹が腕をのばしてつかんでる。太陽に照らされ、腕が溶けだしてる。

ドロドロの手から、力まかせに引きぬいた。でも別のクスクスがまた足をつかんで、引きずり倒された。

腹ばいのまま、光の外へ引っぱられていく。床に手を這わせて、必死に抵抗するけど、下半身は闇の中に入ってしまった。下から寒

293

気が襲ってくる。

顔をあげると、光の絨毯で、キラリと光ってる。あれは……腕時計だ！　だけどはるか向こうだ。届かない。

「ピヨピヨ……」

声がした。扉のすきまから、ヒヨ子がのぞきこんでる。まだ待ってたんだ。

「ヒ、ヒヨ子！」

「なあに？」

「腕時計とって！　遊んであげるから！」

ヒヨ子はハッ！　とした顔をして、走りだした。光の絨毯を一直線だ。

クスクスがぼくを引っぱった。全身、闇の中に引きずりこまれる。

力をふりしぼって、腕をのばす。左手だけ、温かくなった。そこ

294

に、ポンと置かれた。

「ピヨピヨ」

まにあった！　腕時計のボタンを押して、すばやく仰向けになる。横にふると、クスクスが真っ二つになった。

立ちあがってぐるりと回転した。360度クスクスが倒れ、蒸気がのぼった。

「ピヨピヨ！」

ヒヨ子が楽しそうに飛びはねてる。その向こうに純たちが見えた。クスクスの群れに捕まってる。

「純、こっちだ！」

腕時計の光を向けて、左右にクスクスを切る。

「シン！」

解き放たれた純が逃げてきて、光の絨毯に飛びこんだ。左千夫と

295

律子先生もあとにつづいてくる。

「先生、大丈夫？」

呼びかけると、先生はコクリとうなずいた。

「じゃあこの中を走って外に出よう。光の中なら安全――」

ドオオオン！　地面がゆれて、強い風が吹いた。思わず顔をそむける。

風がおさまると、ぼくの目の前に巨大な足があった。クスクスが何匹もつぶれている。

「上！」

純の声がして見あげると、もう１本の足がふってくる。

みんなも、飛びはねるようにうしろにさがると、ドオオオオン！　まるで、隕石が落ちてきたみたいな衝撃だ。この足って……。

見ると、城の奥にいたグズグズが立ちあがってる。天井を突きぬけそうだ。

「逃げろ！」

　左千夫の声がした。いっせいに、扉に向かって走りだす。

「ピヨピヨ！」

　うしろにヒヨ子がいる。立ち止まってヒヨ子を待つ。

「ヒヨ子、背中に！」

「ピヨピヨ！」飛び乗ったヒヨ子を背負って走りだす。

　ドオン！　ドオン！　足音が迫る。グズグズは、溶けながら光の中を歩いてくる。

「扉を開けて！　もっと光を！」走りながら叫んだ。

　左千夫が左の扉を押しはじめた。純と律子先生は右の扉だ。

　ぼくも扉にたどりついた。すきまから外が見える。街が明るく輝いている。

297

「もっと押せ！」左千夫が叫ぶ。

「せーの!!!!」

　みんなで声を出し、力をあわせて押す。ゆっくりと扉が開きはじめた。いいぞ！

「ピヨピヨ！　くる！」背中で声がした。

　グズグズはすぐうしろだ。溶けかけた足が、高く持ちあがり、ぼくたちの方へ……。

　突然、律子先生が扉を離れ、グズグズの方へ走りだした。先生はグズグズの真下で、腕を広げた。

「もうやめて！」

　グズグズが止まった。

「今だ！」

　いっせいに押した。外に向かって翼を広げるみたいに、扉が開いていく。

グズグズの体に走っていた光の線が、どんどん広がっていく。

扉がすべて開いた。太陽がグズグズを照らす。

「グズグズ!!!」

スローモーションみたいに、ゆっくり吸いこまれるように倒れていく。クスクスの群れが溶けて、蒸気が立ちのぼる中に、ドン！と倒れた。

そして、真夏のアスファルトに落ちたアイスみたいに溶けていき、みるみる小さくなり、ついに跡形もなく姿を消した。

朝日に照らされた城は、ガランとして、さっきまでの大合唱がウソのように静かになった。

「まぶしい」

ふり返ると、純と左千夫が、のぼる朝日を見つめていた。3年ぶりに見る太陽だ。

「やったー！」純が叫んだ。「これで本がたっぷり読める！」

「ピヨピヨ！」

ヒヨ子もうれしそうだ。

「ねえシン、太陽がのぼったってことは……」

純がぼくを見る。

「うん、たぶん」

「おまえ、助けにくるのおせーぞ」左千夫が笑ってる。

「ありがとう……」

律子先生がうしろに立っていた。涙が光ってる。

街を見わたした。キラキラ光って、もう暗闇の世界じゃない。

新しい１日だ。これからはじまる。

ぼくたちは、喜びにあふれた街を歩いて帰った。国道から、十字

300

路へ。道ゆく人はみんなまぶしそうに、うれしそうに、朝の街を歩いていた。

十字路までくると「また遊んでね！　ピヨピヨ！」とヒヨ子が駆けだした。学校に帰っていく。

「またね！」ぼくは手をふった。

十字路から公園が見えた。朝日をあびながら、だれか立っている。

もちろん、それがだれか、みんなわかっていた。

純がだれよりも先に走っていって、抱きついた。体を離して、顔を見る。朝日が、広田椎奈の笑顔を照らしてる。

純の笑顔が急に消えた。顔がゆがんで、大きな涙がボロボロこぼれ落ちた。

律子先生が、純の肩をそっとさすった。椎奈が、純と先生の手をにぎって、3人は小さな輪になった。

---

21. シン

ぐるりと回る。いつもと逆だ。明るい朝の世界から、暗い夜の世界になった。

ぼくは横断歩道の上にいた。悲鳴のようなブレーキ音を響かせながら、トラックが突進してくる。

もうダメだ……。

目をつぶったそのとき、グイッと引っぱられた。パーカーのフードをつかまれて、うしろに投げられる。

ふわりと浮いた感覚のあと、背中から道路に叩きつけられた。

トラックのブレーキ音が、ぼくの前を通りすぎて止まった。

302

その横で、左千夫が照れくさそうにしている。椎奈と純の手が離れ、そのあいだに、左千夫が入った。輪が少し大きくなった。

ぼくは公園の入り口から、４人を見つめた。なんだか美しすぎて、物語の最後の場面みたいだ。

そうだ、世界は救われたんだ。ぼくは本の中に入って、純や左千夫と一緒に、暗闇の世界に太陽をとりもどしたんだ。いじめを見て見ぬふりだったぼくが、逃げてばかりだったぼくが……。

まるで、物語の終わりみたいだ。椎奈の書いた本が、ここで終わる……。

ダメだ！

思い出した。終わっちゃいけない。ぼくはもどれないんだ。

現実の世界にもどったら、ぼくはトラックの前に出てしまう。

だけど、手が勝手にうしろポケットにのびていく。

「バ、バカヤロー！」

どなり声がして、トラックは逃げるように走っていく。

「大丈夫か？」

うしろで声がした。

「信号無視なんかするからだぞ」

その声は！　飛びおきて、抱きついた。

「お父さん！」

はずかしいけどしかたない。一年ぶりに会ったんだ。

お父さんがぼくの頭をなでたとき、横からクラクションが聞こえた。

お父さんとあわてて歩道に走る。

「轢かれるところだったぞ」

「お父さんもね」

二人で笑いあった。

こんなに楽しいのは久しぶりだ。でも、笑っているとなぜだろう、目からだんだん涙が出てくる。

「い、いやだ……」

そうしたくないのに、体が言うことを聞かない。

暗闇の世界の物語、広田椎奈の書いた『ぐるりと』という話は、ここで終わる。これ以上、先はない。

止めようとしても、本を出して開いてしまう。現実の世界にもどらせようとする。

本をひっくり返した。世界が回った、ぐるりと。

本を回して、上の段の、縦書きの文章を読もう

303

抑えようとしても抑えられない。お父さんのことや暗闇の世界のこと、今までの喜びや悲しみや、いろんなことがこみあげてきて、ボロボロ体の外にあふれだした。

「大丈夫か？」

「うん」

涙で洗われたみたいに、心の中がスッキリした。

「シン、こんな時間にどこに行くんだ？　バス停から呼んだのに、走っていっただろ」

「じゃあバス停から『おい！』って言ったのは……」

「お父さんだ」

「ごめんなさい」

「どこ行こうとしてたんだ？」

「えーとね……行って、帰るところなんだ」

ウソじゃない。ぼくは暗闇の世界に行って、帰ってきたんだ。

「そうか。お父さんも仕事終わったから、一緒に帰るか？」

「うん！」

お父さんと一緒に、夜の街を歩いた。国道脇の街灯が、夜でも明るくぼくたちを照らす。

歩きながら、この一年間の話をした。ぼくはお母さんと引っ越してアパートにいる。お父さんもアパートで暮らしてると言った。

ぼくはずっとさびしかったけど、お父さんもきっと、さびしかったのかもしれない。ハッキリ言わないけど、そういう顔をしてる。

ぼくはなるべく、ゆっくり歩いた。いつまでもずっと一緒に歩いていたい。だって久しぶりに会ったんだ。今日みたいな偶然がなかったら、お父さんと会うのは、これが最後になるかもしれない。

でも、話しているといつのまにか、十字路へ曲がるところまできてしまった。

お父さんは国道をこのまままっすぐ行くみたいだ。
「ぼく、お父さんの家まで行くよ」
「もう遅いから、このまま帰るんだ」
「でも――」
「お母さんもきっと心配してるぞ」
お父さん……お父さんは知らないと思うけど、お母さんはいつも遅いんだ。だから今日だって、まだ仕事をしてるに決まってる。
いや違う。思い出した。今日の朝、お母さんと一緒に学校まで行って、ぼくが走りだしたとき、うしろから聞こえたんだ。
「今日は早く帰るからね」
そうだ、お母さんはぼくのことを心配して、早く帰るって言ってくれたんだ。それなのにぼくは、そんなことも気づかずに、返事もしないで学校に駆けこんだ。
パーカーの袖を見た。クスクスに切られた痕が、糸で縫われて直ってる。お母さんが直してくれたんだ。

「ぼく、帰るよ」

「気をつけろよ」

「またお父さんと会える？」

お父さんがぼくを見た。

「そうできるようにする」

「ほんと？」

「ああ」

「約束だよ！」

ぼくは飛びはねた。

「約束だよ！」

国道を曲がって歩きだそうとすると、

「暗いな」

お父さんが言った。国道は明るいのに、一つ横の道に入るだけで急に暗くなる。

「大丈夫、これがあるから」

腕時計のボタンを押した。光が出たけど、暗闇の世界とは全然違う。腕のまわりがぼんやり光るだけだ。

「それ、まだ持ってたのか」

「うん、お父さんがくれた腕時計、大活躍だったんだ」

「お、そうなのか」

「今度そのこと、教えてあげるから！」

暗闇の世界に行ったこと、そこで怪物を倒したこと、椎奈を外に出して、太陽がもどったこと。話したいことはたくさんあった。

「次に会ったら、絶対教えてあげるから！」

ぼくは走りだした。暗い道を、ありったけの力でグングン走る。十月の夜の風が、涼しく顔をなでた。

十字路を左に曲がり、公園の入り口まできて、ようやく止まった。

さすがに息が切れた。今日はずっと走って、一生分、走った気持ちだ。

ハアハア息を吐く。闇の中に、息が白くふくらんだ。夜の公園は静かで、人の気配はない。純も左千夫も、小林君ももういない。

暗闇の世界と違って、公園の中にも電灯が光ってる。まるでこの世界から、暗闇をすべてなくそうとしてるみたいだ。ぼくの世界にはもう、完全な暗闇なんてないのかもしれない。

公園の中を通ろうと思ったけど、止まった。そうだ、こっちの世界の椎奈はどうなったんだろう？

右に曲がった。公園沿いの道を歩くと、向こうに椎奈の家が見えてきた。

一階に電気がついてる。二階の窓は、カーテンが鉄の扉みたいに閉まってる。

家の前に立った。暗闇の世界の椎奈は外に出た。現実の世界の椎奈は……。

二階のカーテンがわずかにそよいだ……ような気がし

た。もしかしたら気のせいかもしれない。でも……。

大きく息を吸いこんで、思いっきり叫んだ。

「椎奈！」

バカみたいだ。夜に叫ぶなんて。遠くで犬が鳴きだして、近くの家からザワザワ音がする。

二階の窓をじっと見るけど、変化はない。しばらくして、街はまた静かな夜にもどった。やっぱりダメなんだ。

そのとき、顔に明るい光が飛んできた。驚きとまぶしさで目を細めながら、ぼくは二階の窓を見た。

カーテンが開いてる。部屋から明るい光が飛び出して、広田椎奈が立っている。

やった！　起きたんだ！　手をあげて喜んだ。パジャマ姿の椎奈が、二階から不思議そうに見おろしてる。

ぼくはうしろポケットから本を出し、椎奈に向けた。

「ホラこれ！　見つけたんだ。それで、きみの書いた世界に行って、世界は、みんなは救われたんだ！」

窓ガラス越しだから、声が届いたかわからない。でもぼくには、椎奈の顔が笑ったように見えた。

本を、家の前に置いた。

空を見た。暗い空に三日月が輝き、街と、それからぼくを照らしてる。

明日、こっちの世界の純と左千夫に伝えよう。三知書店に行って、椎奈のことを伝えて、それから、本の中でなにがあったか教えよう。純はきっと、ぼくの話を聞いてくれるはずだ。左千夫だって、たぶん。

暗い夜が明るかった。ぼくは椎奈の家に背を向けて、公園に向かって駆け出した。

近道をして帰ろう。お母さんはきっともう、帰ってるはずだ。

島崎 町（しまざきまち）
1977年札幌市生まれ。変な本や面白い本が好き。学生時代にシナリオライターとして活動 をはじめ「札幌デジタル映画祭1999」2002函館港イルミナシオン映画祭「シナリオ大賞短 編部門」で大賞受賞。2005年の短編映画『討ち入りだョ！全員集合』は海外でも評価を受 ける。2008年に制作された札幌テレビ放送(STV)の連続ドラマ『桃山おにぎり店』は 東 京ドラマアウォード2009「ローカルドラマ賞」を受賞。2012年『学校の12の怖い話』(長崎出版)で作家デビューして本書は長編一作目。

ぐるりと 新装版

2025年 3月 3日 初版第1刷発行
2025年 3月 15日 第2刷発行

島崎 町

発行者 関 昌弘
発行所 株式会社ロクリン社
〒153-0053 東京都目黒区五本木 1-30-1-2A
TEL 03-6303-4153 FAX 03-6303-4154
https://rokurin.jp
装 画 三橋
組 版 Katzen House
編 集 中西洋太郎 勝谷晋三
編集協力 高橋千春
印刷・製本 株式会社シナノパブリッシングプレス

※本書は『ぐるりと』（小社刊・2017年）の新装版です。